Gütersloher Taschenbücher/Siebenstern 254

e8,80

D1874681

Gerhard Struntz
Pfarrer
8671 Röslau
Ludwigsfelder Str. 7
Tel. 0 92 38 / 277

Heinz Eduard Tödt

Das Angebot des Lebens

Theologische Orientierung in den Umstellungskrisen der modernen Welt

Gütersloher Verlagshaus
Gerd Mohn

Meinem Freund Günter Howe
zum Gedächtnis

CIP-Kurztitelaufnahme der Deutschen Bibliothek

Tödt, Heinz Eduard
Das Angebot des Lebens: theol. Orientierung in d. Umstellungskrisen d. modernen Welt. – Orig.-Ausg., 1. Aufl. – Gütersloh: Gütersloher Verlagshaus Mohn, 1978.
(Gütersloher Taschenbücher Siebenstern; 254)
ISBN 3-579-03654-8

Originalausgabe

ISBN 3-579-03654-8
© Gütersloher Verlagshaus Gerd Mohn, Gütersloh 1978
Gesamtherstellung: Clausen & Bosse, Leck
Umschlagentwurf: Dieter Rehder, Aachen
Printed in Germany

Inhalt

Einleitung 6

1. Das Menschliche im Menschen als Frage an heutige theologische Ethik 15

2. Ernst Troeltschs Bedeutung für die evangelische Sozialethik 37

3. Schöpferische Nachfolge in der Krise der gegenwärtigen Welt 49

4. Technische oder soziale Revolution – eine theologische Alternative? 66

5. Die Ambivalenz des technischen Fortschritts als Herausforderung für die christliche Theologie 87

6. Christlicher Humanismus und moderne Arbeitswelt. Gedanken zur ars vitae in der heutigen Situation. 111

7. Arbeitslosigkeit als Problem unserer Kirche. Gesichtspunkte für die Bearbeitung eines bedrängenden Themas der siebziger Jahre 121

Register. 141

Einleitung

Es mag sein, daß jede Generation ihre Lebenszeit als eine Epoche tiefer Wandlungen erfährt. Uns scheint die Zeit seit dem Ende des Zweiten Weltkriegs von einer atemberaubenden Dynamik erfüllt, die es dem Bewußtsein schwer macht, den realen Veränderungen der Welt nachzukommen. Ganze Kontinente haben sich von überkommener kolonialer Vorherrschaft befreit und sind mit eigenen Impulsen und Aporien in die Weltgeschichte eingetreten. Die USA und die Sowjetunion stiegen zum Rang konkurrierender Supermächte auf und teilten Europa in eine westliche und eine östliche Region. China entzog sich der russischen Vorherrschaft, errang eine selbständige Position am Rande des Herrschaftsgebietes der Supermächte und wirbt für das Experiment einer gesellschaftlich-kulturellen Alternative zur supermodernen Industriekultur.

Derartige Veränderungen greifen in unsere Existenzbedingungen und unser Lebensgefühl ein, auch wenn wir überzeugt sind, unseren kulturellen und geistigen Traditionen treu zu bleiben. Tatsächlich vollziehen sich Umorientierungsprozesse, welche auf die religiösen Tiefenschichten unseres Daseins einwirken. Erweist sich in einer solchen Lage christliche Religion nur als Kraft der Bewahrung, oder erschließt sie dem Menschen auch neue Möglichkeiten, der auf ihn eindringenden Zukunft zu begegnen?

Die theologische Ethik, die ich in Forschung und Lehre seit anderthalb Jahrzehnten an der Universität Heidelberg zu vertreten habe, hat sich während der letzten Generationen vorwiegend auf die rückblickende Besinnung und nachträgliche Beurteilung des Geschehenen konzentriert. Seit der theologischen Wende der zwanziger Jahre zur Dialektischen Theologie und zur Theologie des Wortes Gottes war sie nicht mehr eine theologische Schlüsseldisziplin, sondern eher Ergänzungsfach zu den Hauptdisziplinen, im theologischen Examen oft nur am Ende der Dogmatikprüfung noch mit ein paar Fragen berücksichtigt. Dieser Rückgang ihrer Bedeutung trat nicht zufällig ein. Am Anfang des Jahrhunderts hatte Ernst Troeltsch in seiner großen Bilanz von zweitausend Jahren Christentumsgeschichte konstatiert, daß die christliche Sozialethik hoffnungslos den Anschluß an die Bewegungskräfte der Moderne verloren habe. So war es verständlich, daß Rudolf Bultmann und viele andere Theologen die christliche Existenz rein religiös, aber grundsätzlich nicht mit ethischen Kategorien interpretieren wollten. Sie fürchteten, christliche Sozialethik werde den Glauben und die Theologie in eine Programmatik hineinziehen, die ihnen von Haus aus fremd und daher für sie verderblich sei. Zugleich räumte die Theologie der Offenbarung dem realen Geschehen in unserer Lebenswelt nur eine geringe Bedeutung für die Entscheidung des Glaubens und die theologische Erkenntnis ein. Man interpretierte den Glauben personal und existential und begriff ihn nicht als Kraft in sozialen Lebens- und Handlungszusammenhängen. Ein Individualismus, der nicht mehr die Bedeutung der Kirchengemeinschaft für den einzelnen zur Geltung brachte, war die unerwünschte aber unvermeidliche Folge. Er entfremdete die wissenschaftliche Theologie vom Leben der Kirchen. Das fiel um so mehr ins Gewicht, als sich Katholiken wie Protestanten schon unter der Herrschaft Hitlers und dann beim Wiederaufbau in beiden Teilen Deutschlands genötigt sahen, gesellschaftliche Mitverantwortung zu übernehmen und innerkirchlichen Konsensus über ihre Zielperspektiven herzustellen. Die kirchlichen Denkschriften sind ein Symptom dieser Entwicklung.

Wie aber kommt es zu gemeinsamen theologischen Erkenntnissen, welche die Wahrnehmung von Weltverantwortung durch Kirchen und christliche Gruppen überhaupt erst möglich machen? Gewiß können sie sich nicht einstellen ohne den Rückgriff auf die biblische Botschaft selbst und ihre Entfaltung in der zwei Jahrtausende umfassenden Erfahrung von Kirche und Christenheit. Aber die Bibel und auch die christliche Tradition gibt nur denen deutliche und übereinstimmende Antworten, die in gemeinsamer Weise sie befragen und gemeinsam für ihre Antworten offen sind. In ethischer Hinsicht erwartete man nur allzu wenig von der biblischen Botschaft und der reformatorischen Tradition, auf die man in exegetischer und dogmatischer Hinsicht so entschieden zurückgriff. Wenn man die reformatorischen Bekenntnisschriften als Grundlage des Konsensus in den Konfessionskirchen ansprach, so bezog man sich doch nur auf einige wenige Stücke, vor allem auf die reformatorisch-paulinische Rechtfertigungslehre und die Aussagen der Confessio Augustana von 1530 über die minimalen Erkennungszeichen der Kirche. Man dachte kaum an die ethischen Grundentscheidungen der Reformation, die in großer Eindringlichkeit in den Bekenntnisschriften entfaltet werden. Nicht einmal in den Denkschriften der Evangelischen Kirche in Deutschland werden sie ausdrücklich berücksichtigt. Die kaum befragte Tradition konnte also das nicht hergeben, was als Basis nötig gewesen wäre, um zu gemeinsamen Antworten angesichts der ethischen Herausforderungen der Zeit zu kommen. Konfrontiert mit dieser Aporie legte man den christlichen Glauben immer wieder weltlos und zeitlos aus oder interpretierte ihn existential, das heißt bloß im Lebenshorizont des einzelnen Menschen – und bemerkte kaum, wie diese Einstellung dazu führte, daß dabei unter der Hand der jeweiligen Situation, dem realen Lebenszusammenhang eine normative Bedeutung zugestanden wurde, die sich zumeist als die sogenannte normative Kraft des Faktischen erweist. Sie aber kann dem christlichen Glauben zufolge nicht maßgebend sein für die Lebensorientierung des Menschen, dessen höchste Bestimmung es ist, auf das Wort Gottes in jedem Lebenszusammenhang zu hören. Die Gegenüberstellung von zeitloser beziehungsweise existentialer Wahrheit und der Situation als Quelle normativer Orientierung erweist sich also als schlechte Alternative, welche gleichwohl in der Theologie seit den zwanziger Jahren großen Einfluß hatte und die Entfaltung christlicher Ethik entscheidend behinderte.

Seit den sechziger Jahren gibt es viele Versuche, die Indifferenz der bis dahin dominanten Theologien gegenüber den Problemen des Lebenskontextes und der Situation zu überwinden. Die einen setzten die Theologie des Wortes Gottes und die Theologie der Offenbarung wegen ihrer angeblichen Weltlosigkeit außer Kraft; aber damit gab man zum Beispiel auch jene Neubegründung theologischer Ethik auf, die Karl Barth im Rahmen seiner kirchlichen Dogmatik gewonnen hatte. Andere Richtungen wollten, getragen von einer progressiven Welle, die ganze Theologie vom Vorrang der Zukunft her begründet sehen; aber für die Ethik ergaben sich daraus nur allgemeine Weltveränderungspostulate und Motivationsbestimmungen, die sich ethisch kaum konkretisieren ließen. Für andere wiederum wurde das neuzeitliche Christentum, dem wir die uns unmittelbar betreffenden Probleme zu verdanken scheinen, zur geradezu kanonischen Form christlichen Glaubensvollzuges; aber damit bekam die neuzeitliche »Christlichkeit« unserer Gesellschaft den Rang einer Priorität, die im Rahmen einer nüchternen Diagnose nur schwer glaubhaft zu machen ist und schließlich in die Verklärung der Volkskirchlichkeit einzumünden droht. Es kann angesichts der Enttäuschungen mit der ungestümen Proklamation von Veränderungspostulaten eine verständliche Reaktion sein, daß man sich auf die Positivität des Gegebenen besinnt; aber das Pendel ist zu weit zurückgeschlagen, wenn auf diese Weise die kritische Festlegung vorliegender Defizite und Aporien verdrängt und die Suche nach der besseren Gerechtigkeit ihrer Antriebe beraubt wird.

Mag man bei jedem dieser Versuche auf Aporien stoßen, so zeigen sie doch, daß die Begründung und konkrete Ausarbeitung der christlichen Ethik viele neue Impulse erhalten hat. In diesem Zusammenhang sind auch die sieben Reden und Vorträge zu verstehen, die hier veröffentlicht werden. Drei von ihnen stammen aus der jüngsten Zeit, aus dem Jahre 1977, aber insgesamt übergreifen sie einen Zeitraum von 13 Jahren. Das ermöglicht es, den Weg zu verfolgen, den meine Arbeiten auf dem Gebiet der Ethik durchlaufen haben. Es handelt sich um gemeinverständliche Reden und Vorträge, die als solche nicht theoretische und methodologische Erörterungen zum Inhalt haben konnten, sondern wichtige Sachprobleme der Ethik darstellen mußten. Mir selbst gibt die Neuveröffentlichung Anlaß zur Rechenschaft über den eigenen Weg. Ich gebe mich nicht der Illusion hin, daß ich im Grunde immer schon im Auge gehabt hätte, was sich heute als richtig erweist und sich bewährt. Wie wenig haben wir doch in der Mitte der sechziger Jahre die Probleme berücksichtigt, die der Ethik heute durch die ökologische Diskussion aufgegeben werden. Auch damals hätten wir wissen und geltend machen können, daß der Mensch sich nicht aus dem Zusammenhang der ihn umgebenden Lebenswelt losreißen darf, soll sein Tun und Lassen nicht für seine Mitkreatur und für die ganze Biosphäre ausbeuterisch und destruktiv werden. Was hinderte uns, diese elementare und evidente Einsicht auch und gerade in der theologischen Ethik zu konkretisieren? War es die Tatsache, daß die Schöpfungstheologie durch diejenigen diskreditiert war, die sie zur Anpassung an die Machthaber des Dritten Reiches mißbraucht hatten? Oder wirkte auf uns jenes reduktionistische naturwissenschaftliche und sozialwissenschaftliche Denken, das gewohnt ist, die Perspektiven, welche die Facherkenntnisse übergreifen, abzublenden, gegebenenfalls auch als unwissenschaftlich zu diskreditieren? Oder sahen wir im Gefolge des neuzeitlichen Subjektivismus den Menschen allzu einseitig als den Konstrukteur seiner Welt, der nun, wo seine Lebenswelt von Technik, Wissenschaft und Organisation durchdrungen ist, nicht mehr umhin kann, sich als das handelnde Subjekt seiner Geschichte und des Lebensprozesses zu verstehen – wobei er allzu leicht seine Verflochtenheit in die Naturgeschichte vergißt und nicht mehr sieht, daß er Teil der Natur ist, wodurch dann sein industrielles Schaffen zur Ausplünderung des ganzen Planeten Erde und zur Bedrohung seiner eigenen elementaren Lebensbedingungen mißrät? Warnungen vor dem allen gab es genug in der theologischen Tradition – aber wir haben sie in den sechziger Jahren kaum verstanden und ihnen jedenfalls nicht in der Ethik zureichende Geltung verschafft.

Dieses eine Beispiel zeigt zur Genüge, daß die Rechenschaftsablegung eigene Einseitigkeiten und Blindheiten nicht überspielen darf. Auch die Einsicht, daß theologische Erkenntnisse in aller Regel bestimmten realen Konstellationen entstammen und daher deren Begrenztheit teilen, ist keine Entlastung; denn theologische Erkenntnis sollte doch über die Grenzen des Augenblicks hinausführen, ihn auf Zukunft hin öffnen und so auch prognostische und antizipatorische Qualität enthalten – um den hochgreifenden Begriff des Prophetischen zu vermeiden. Gibt es denn verantwortliche ethische Beratung ohne diese die Zukunft berührende Dimension?

In der Tradition ist freilich die Auffassung weit verbreitet, theologische Ethik dürfe ein prognostisches Risiko nicht eingehen. Sie müsse sich entweder auf die Entfaltung zeitlos gültiger Normen und Werte beziehungsweise geoffenbarter Gebote beschränken, oder aber sie müsse sich als nachträgliche gewissenhafte Reflexion zum bereits Geschehenen entfalten und dabei den eigenen Anteil an diesem prüfen. In beiden Fällen nimmt die ethische Aussage nicht eine Gestalt an, in der sie durch den Gang der Ereignisse widerlegt, »falsifiziert« werden könnte. Daher erscheinen mir beide Wege als ein Ausweichen vor der Verantwortung, die dem Ethiker im Zusammenhang der verschiedenen Situationen immer wieder zufällt. Dietrich Bonhoeffer hat in seiner »Ethik« überzeugend dargelegt, daß zu den Strukturen verantwortlichen Lebens und des entsprechenden ethischen Denkens das Wagnis gehört. Wagnis aber heißt: Eingehen eines Schuldrisikos, Bereitschaft zur Schuldübernahme. Der christliche Ethiker wird sich dadurch zur Schuldbereitschaft veranlaßt sehen, daß er sich nicht selbst zu rechtfertigen hat, sondern sich der Vergebung Gottes anvertraut.

Die Verfahren und Methoden, mit denen eine Ethik arbeitet, die sich den realen, situativen Herausforderungen der Zeit stellt, sind andere als die einer zeitlosen oder nachträglichen ethischen Reflexion. Es wird ja immer darum gehen, eine Analyse und Deutung der konkreten Situation mit normativen Gesichtspunkten zu verbinden und so zu einem Entscheid, zu einem Urteil zu kommen. Die situationsethische Annahme, daß die Normen wie von selbst aus der Situation entspringen, erweist sich als trügerisch; denn Situationen sind in sich selbst nicht eindeutig und bedürfen immer der Auslegung. Sie werden durch uns »definiert«. Die Ausarbeitung einer Theorie der Urteilsfindung hat mich mehr als ein Jahrzehnt beschäftigt und ist noch nicht abgeschlossen. Meinen neuesten Versuch zu diesem Thema findet man in der Zeitschrift für Evangelische Ethik, 21, 1977, 81–93. In dem vorliegenden Buch soll diese methodologische, theoretische Arbeit an der Ethik ganz im Hintergrund bleiben. Hier wird angesichts von Sachproblemen nach deutlicher christlicher und kirchlicher Orientierung gesucht. Dabei muß sich zeigen, ob und wieweit es mir gelungen ist, Situationsanalysen und normative Gesichtspunkte zu überzeugenden Urteilen zusammenzubringen.

Der erste Vortrag aus dem Jahre 1968 kreist um die Frage, was das spezifisch Menschliche am Menschen sei und wie es uns wohl zugänglich werden könnte. Ein klares Wissen um das »Humanum« würde uns in eine günstige Lage versetzen. Wir könnten dann die menschlichen Verhaltensweisen, die sozialen Strukturen, die Erziehung und die Kultur eindeutig auf die Verwirklichung dieser Größe ausrichten. Dem aber steht entgegen: Jede Definition, jede abschließende inhaltliche Bestimmung des Humanum würde gerade gegen wahre Humanität verstoßen; denn sie würde den Menschen auf unsere heutige Erkenntnis festlegen, nur die gegenwärtigen Verhältnisse reflektieren und damit uns unsere Offenheit für die Zukunft verstellen. Daher müssen wir uns sehr viel behutsamer der Frage nach dem Humanum nähern. Unter drei fundamentalen Aspekten begegnet je in verschiedener Weise der Mensch in der ethischen Reflexion: unter dem Aspekt des Handelns, der gestaltenden Aktivität; unter dem des Erfahrens und Leidens; schließlich unter dem Aspekt der Sorge um die eigene Integrität und Identität. Wie spielen diese Aspekte zusammen, wie kommen sie mit der theologischen Einsicht überein, daß der Mensch letztlich das Wesen ist, welches zur Offenheit für Gott bestimmt ist, das Gott »entsprechen« soll?

An zweiter Stelle steht meine Heidelberger Antrittsvorlesung vom Februar 1965. Sie befaßt sich mit den nach wie vor aktuellen Grundlagenproblemen der Sozialethik, die der Dialog zwischen dem Theologen Ernst Troeltsch und dem Soziologen Max Weber in den ersten beiden Jahrzehnten unseres Jahrhunderts aufwarf, wobei das Verhältnis von theologischer Ethik und moderner Welt gründlich problematisiert wurde. Das aporetische Ergebnis der Bemühungen von Ernst Troeltsch hat wesentlich dazu beigetragen, daß seit den zwanziger Jahren die Sozialethik und überhaupt die konkrete Ethik in der Theologie so stark an den Rand gedrängt werden konnte. Als Antwort auf Troeltschs Frage zeichnet sich die Aufgabe der Entfaltung einer christlichen Verantwortungsethik ab.

Es folgt an dritter Stelle der Vortrag, den ich 1970 bei der Fünften Vollversammlung des Lutherischen Weltbunds in Evian über das Thema »Schöpferische Nachfolge in der Krise der gegenwärtigen Welt« gehalten habe. Hier geht es um den elementaren Zusammenhang, der zwischen der lutherisch-paulinischen Rechtfertigungslehre und unserer Weltverantwortung besteht. Dieser Zusammenhang wird zertrennt, wenn man die Rechtfertigungslehre individualistisch, nur vom Heilsbedürfnis des einzelnen Menschen her interpretiert. Das aber läßt weder das paulinische noch das lutherische Verständnis der Offenbarung der Gerechtigkeit Gottes als eines die Welt angreifenden Prozesses zu. Ich versuche zu zeigen, welche konkreten Konsequenzen sich aus dieser theologischen Einsicht für die Handlungslinien des Lutherischen Weltbunds ergeben. Von vielen Stimmen wurde auch noch sieben Jahre später im Zusammenhang der Sechsten Vollversammlung des LWB dieser Vortrag scharf ablehnend oder entschieden zustimmend als Ausdruck eines Richtungswechsels im LWB hingestellt. Diese Vollversammlung 1977 in Dar es Salaam hat unter dem Eindruck der dynamischen Probleme Schwarzafrikas die in dem Vortrag zum Ausdruck gebrachte Richtung der Weltbundarbeit bestätigt.

Alle folgenden Vorträge befassen sich mit Problemen der modernen Industriewelt, mit Arbeit, Technik und Bildung in ihr. Es verbindet sie also eine ausgeprägt sozialethische Fragestellung. Zwischen dem Vortrag über »Technische oder soziale Revolution« – dem vierten in diesem Buch – und den drei anderen liegt genau ein Jahrzehnt, Zeit genug, um zu vergleichen und Unterschiede festzustellen. 1967 mußte ich mich mit der erstaunlichen Verherrlichung der Technik als »Befreiung des Menschen von der Tyrannei der Materie« auseinandersetzen. Damals richteten sich noch große Hoffnungen auf die Ergebnisse der sogenannten ersten Entwicklungsdekade für die Völker der »Dritten Welt«. Demgegenüber erinnerte ich an die Ambivalenz, die im historischen Fortschritt wie in der sozialen Evolution und Revolution liegt. Erst wenn man sie entschieden ins Auge faßt, ergibt sich die Aussicht auf eine sachgerechte Orientierung.

Der fünfte Vortrag nimmt die gleiche Thematik in einer anderen Sachlage auf, nämlich inmitten der leidenschaftlichen Diskussion über die Kernenergie im Frühjahr 1977. Hier geht es um den technischen Fortschritt als »Herausforderung für die christliche Theologie«. Der Streit um die Errichtung neuer Kernkraftwerke, in die – nicht zuletzt durch die Bürgerinitiativen – viele kirchliche Gemeinden verwickelt waren und sind, nötigt die Kirchen, sich Klarheit in den grundsätzlichen Fragen zu verschaffen. Diesem Zweck diente mein Vortrag vor der Badischen Landessynode. Ich hätte allerdings nicht den Mut gehabt, zu einem solchen Thema, dessen Behandlung sehr viel Fachexpertise voraussetzt, zu sprechen, wenn nicht die Forschungsstätte der Evangelischen Studiengemeinschaft in Heidelberg seit mehr als einem Jahr an einem – im Mai 1977 veröffentlichten – Gutachten über Kernenergie gearbeitet hätte. Die Einordnung der Probleme in einen sachgemäßen theologischen und kirchlichen Horizont war die Aufgabe, die mir hier zufiel.

Den sechsten Vortrag – mit dem Untertitel »Gedanken zur ars vitae in der heutigen Situation« – habe ich zum 450. Geburtstag des Gymnasiums in Husum ausgearbeitet, an dem ich 1937 das Abitur ablegte. Auch für die jetzigen Schüler, jedenfalls der älteren und mittleren Jahrgänge, sollte er verständlich sein. Ich wollte darlegen, wie für ein christliches Verständnis heute Humanismus und moderne Arbeitswelt spannungsvoll auseinandertreten und doch miteinander verbunden werden müssen.

Der siebente Vortrag – der nachträglich erweitert wurde – behandelt eines der brennenden Probleme in der Mitte der siebziger Jahre, nämlich die Arbeitslosigkeit. Sie ist für viele Menschen ein Lebensschicksal, an dem die christliche Gemeinde nicht teilnahmslos vorübergehen kann. Aber es fehlt den Kirchen an einer »Ethik der Arbeit«, die den heutigen Lebensbedingungen gerecht wird. Der Vortrag enthält einen entschiedenen Vorstoß in dieser Richtung. Er läßt sich durchaus auch als Entwurf eines erst noch auszuarbeitenden Buches verstehen.

Die hier vorgelegte Sammlung bietet keineswegs einen Querschnitt durch das Gebiet theologischer Ethik und Sozialethik insgesamt. Es handelt sich vielmehr um eine Auswahl, bei der elementare Besinnung auf die Grundlagen christlicher Ethik mit einem Teilgebiet heutiger Sozialethik, nämlich dem auf Technik und Arbeit bezogenen, kombiniert wird. Mir lag daran, zu zeigen, wie ich mir die Konkretisierung christlicher Ethik vorstelle.

All die Freunde zu nennen, denen ich Anregungen für die sieben

Vorträge verdanke, ist hier nicht möglich. Die meisten von ihnen sind im Umkreis der Forschungsstätte der Evangelischen Studiengemeinschaft in Heidelberg (FEST) anzutreffen. Ich möchte aber wenigstens ausdrücklich vermerken, daß ich keinen der Vorträge als »einsamer Gelehrter« konzipieren und ausarbeiten mußte. Ganz müßig wäre es, abgrenzen zu wollen, was mein Anteil und der meiner Freunde in diesen Darlegungen ist. Das kann ich schon lange nicht mehr unterscheiden – und ich halte das für einen Vorzug.

Man mag sich wundern, daß nur eine Vorlesung unter den hier abgedruckten Arbeiten ist, obwohl mehr als dreiviertel der Texte, die ich schreibe, für Vorlesungen verwendet werden. Aber es geht hier eben um Reden und Vorträge, für deren Verständnis das Theologiestudium keine Voraussetzung sein darf. Studenten mögen diesem Buch entnehmen, wie ich theologische Ethik für den kirchlichen Zusammenhang zu konkretisieren versuche.

Heidelberg, im Sommer 1977 *Heinz Eduard Tödt*

1.
Das Menschliche im Menschen als Frage an heutige theologische Ethik

Diesen Vortrag hielt ich bei einer Konsultation, welche das Referat für Kirche und Gesellschaft und die Kommission für Glauben und Kirchenverfassung beim Ökumenischen Rat der Kirchen vom 17. bis zum 23. März 1968 gemeinsam veranstalteten. Sie diente der Vorbereitung auf die Vierte Vollversammlung des ÖRK in Uppsala. Der Ort war – eine Autostunde von Moskau entfernt – das alte Kloster Sagorsk. Das Gedenken an die Märtyrer der Revolutionszeit, deren Leichen in großer Zahl im Hof des Klosters gelegen haben sollen, ist dort unbeschadet der streng geregelten Beziehungen zwischen Staat und Kirche lebendig. Die Humanum-Studie des ÖRK nahm das Anliegen meines Vortrags in den nächsten Jahren (1969–1975) modifiziert auf. Ich versuchte hier, Grundfragen theologischer Anthropologie zu klären. Der Vortrag wurde abgedruckt in: Zeitschrift für Evangelische Ethik, 12, 1968, 333–348.

1. Einführung in die Problemlage

1. Unser Bedürfnis nach einer klaren Definition des Humanum ist groß. Wenn wir klar und eindeutig sagen könnten, was das spezifisch Menschliche ist, dann könnten wir auch die menschlichen Verhaltensweisen und die sozialen Strukturen darauf ausrichten. Vor allem möchten wir wissen, was die positivste Möglichkeit des Humanum ist und daher das Ziel menschlichen Lebens sein kann.

Das ist nun freilich eine uralte Frage, und ich will sie verdeutlichen an einer Geschichte aus 1 Könige 3. Als Salomo das Königtum über Israel fest in der Hand hat, da begegnet Gott selbst ihm im Traume und stellt ihm eine Bitte frei. Salomo hat schon alles, was des Menschen Herz begehren kann; nun steht er vor der Frage, was das Höchste für ihn sein könne. Wir kennen im Alten Orient viele solcher Königsbitten; sie beziehen sich auf den Sieg über die Feinde, auf Nachkommenschaft, Reichtum und Ansehen, langes Leben, Weisheit und Ruhm und vieles andere mehr. Salomo aber bittet: »Herr, du mögest mir ein hörendes Herz geben, um dein Volk zu regieren und den Unterschied zwischen Gut und Böse verstehen zu können.« Ein hörendes Herz – das ist nach biblischem Verständnis die wesentlichste Bitte, die einem Menschen möglich ist. Ein Herz, das offen ist für Gottes Wort und für Gottes Geist, das ist die höchste Erfüllung des Humanum.

Diese Erkenntnis hat ganz eminente Konsequenzen. Damit ist gesagt: Es gibt keine Möglichkeit, das Wesen des Menschen in sich selbst zu fassen. Man kann zwar in der Verhaltensforschung und in bestimmten Richtungen der Anthropologie Unterschiede des Menschen gegenüber dem Tier herausarbeiten; man kann sagen, daß der Mensch ein offenes Wesen ist, das durch seine Instinkte nicht an die Umwelt gebunden ist. Aber das alles sind negative Abgrenzungen. Sie besagen noch nichts Entscheidendes darüber, was denn nun das Humanum wirklich ist. Man kann freilich beobachten, wie der Mensch etwas von seinem Wesen in seiner Kultur zur Darstellung bringt, wie der Mensch sich in den Strukturen des Privaten und des Gesellschaftlichen verwirklicht – aber auch hier bekommt man keine eindeutige Antwort. Denn gerade im universalen Umbruch der Gesellschaftssysteme erfahren wir heute, daß der Mensch sich selbst noch nicht gefunden hat, daß er nicht weiß, wer er ist und wer er sein wird. Wir wissen nur, daß der Mensch durch und durch zeitlich ist, daß er auf Zukunft hin angelegt ist, daß seine Bedürftigkeit ihn zu steter Veränderung der Welt antreibt – aber in dem allen ändern sich auch seine Bedürfnisse selbst. Wenn wir das alles überlegen, dann kommen wir zu einer ersten These: Jede Definition, jede inhaltliche Bestimmung des Humanum würde gegen wahre Humanität verstoßen; denn sie würde den Menschen auf unsere heutige Erkenntnis festlegen, sie würde also nur unsere heutigen Verhältnisse reflektieren und in ihren Folgen dem Menschen gerade seine Offenheit für Zukunft verstellen. Der Mensch, der eindeutig weiß, was das Humanum ist, braucht nicht mehr um ein hörendes Herz zu bitten.

2. Diese negative Aussage scheint nicht viel weiter zu helfen, wenn es nun darum geht, konkrete Maßstäbe und Kriterien für verantwortliches Handeln in der Gegenwart zu finden. Wenn die Christen, wenn die Kirchen nach dem Humanum fragen, so möchten sie einen Orientierungspunkt für ihre Sozialethik gewinnen; denn diese ist heute durch die rapide technisch-wissenschaftliche und sozio-ökonomische Umwandlung, durch

die Probleme der Industrienationen und der sogenannten Dritten Welt ins Wanken geraten. Das hat die Diskussion um das Problem einer Theologie der Revolution in Genf 1966 ganz eindeutig gezeigt. Aber was ist da eigentlich ins Wanken geraten? Das müssen wir zunächst analysieren.

Als 1948 die erste Vollversammlung des Ökumenischen Rates in Amsterdam tagte, stand man unter dem Eindruck der furchtbaren Schändung des Menschlichen und des Sittlichen in der Zeit des Zweiten Weltkrieges. Man suchte einen Schutz für das Humanum, und weite Kreise suchten ihn in der Theorie von einem universalen Gesetz Gottes. Der Grundgedanke war folgender: Wenn die Menschen einem solchen universalen Gesetz folgen, dann werden sie Raum schaffen für das wahre Menschsein des Menschen.

Ich will dieses Denken ein wenig genauer charakterisieren durch Aussagen eines prominenten christlichen Laien in Amsterdam. *John Foster Dulles* sagte damals: »Christen glauben an ein sittliches Gesetz, das von Gott ausgeht und ewige Maßstäbe für Recht und Unrecht aufrichtet ... Sie glauben, daß das moralische Gesetz durch Christus mit einzigartiger Klugheit offenbart worden ist. Christen müßten deshalb besonders dazu qualifiziert sein, moralische Urteile herauszuarbeiten, welche die Dinge klarstellen und sie auf die Zeit und den Ort abstellen, wo sie wirksam werden können[1].«

In diesen Aussagen von *John F. Dulles* wird vorausgesetzt, daß die Maßstäbe für Recht und Unrecht ein für allemal festliegen; dem entspricht eine ganz bestimmte Auffassung vom Humanum. Der Mensch wird gedacht als ein Wesen, das in unwandelbare Grundordnungen hineingestellt ist und in seiner Eigenart grundsätzlich feststeht. Das Humanum wird gewissermaßen zeitlos und geschichtslos gedacht, eben angepaßt an die ewigen göttlichen Maßstäbe für Recht und Unrecht. Wenn *J. F. Dulles* recht hätte, dann müßten die Christen, belehrt durch Christus, ein einzigartiges Wissen haben um die rechten Kriterien für die Strukturen des sozio-ökonomischen und politischen Lebens. Genau das meinte gleichzeitig mit *J. F. Dulles* auch Papst *Pius XII.* mit seinem Naturrechtsdenken. Aber der schnelle Wechsel der katholisch-lehramtlichen Verlautbarungen von *Pius XII.* über das Zweite Vatikanische Konzil bis zu den Enzykliken *Pauls VI.* zeigt, daß der Begriff des universalen Sittengesetzes ein festes

1. Amsterdamer ökumenisches Gespräch, deutsche Ausgabe, Band IV: Die Kirche und die internationale Unordnung, S. 107 und S. 132.

Wissen der Christen nur vortäuscht. Und diese Täuschung kann schlimme Folgen haben. Denn wer von der Existenz und Klarheit eines Sittengesetzes für alle Menschen überzeugt ist, der kann Andersdenkende nur als Aggressoren gegen die eine gültige Ordnung verstehen und behandeln. Er wird dementsprechend dem Aggressor nur mit massiver Abschreckungsdrohung begegnen können. Die Eskalation von Aggressionsfurcht und gesteigerter Drohung aber enthält in sich Zwänge, die zu ganz inhumanen Konsequenzen führen. Die Geschichte der fünfziger Jahre mit ihren Abschreckungssystemen ist ein beredter Kommentar für diese These. Nicht böser Wille, wohl aber ein falsches Verständnis des Menschen und der ihm korrespondierenden Ordnungsstrukturen führt in diese Konsequenz hinein. Der Mensch kann und darf eben nicht festgelegt werden auf ein *vorgegebenes* universales Sittengesetz und die entsprechenden Kriterien und Strukturen. Recht und Gesetz Gottes für den Menschen dürfen nicht auf einer zu niedrigen Abstraktionsstufe gesucht werden; denn sonst entsteht eine aggressive Vorstellung vom eigenen Wissen und Verfügen über dieses Recht.

3. In Genf gab *Max Kohnstamm*[2] inmitten der Diskussion um die »Theologie der Revolution« einen modernen Kommentar zu dem gewaltigen Lobpreis, der sich im Alten Testament zum Gesetz Gottes findet. Recht und Gesetz waren für das alte Israel das Allerkostbarste, denn man wußte, daß das Gebot Gottes und die Ermöglichung des Lebens für den Menschen unlösbar zusammengehören. Freilich: Israel hat das Gesetz und den Rechtswillen Gottes äußerst beweglich verstanden. Jede Generation war aufgerufen, neu den für sie gültigen Willen Gottes aus den Gesetzestraditionen herauszuhören und für sich auszulegen[3]. Die Gebote Gottes waren ein Geschehen; denn das Gebieten Gottes, das aus seiner Liebe heraus sich immer neu ereignete, gab einen weiten Raum zum Leben, und es gab verläßliche Strukturen. Von diesem theologischen Hintergrund her ist Kohnstamms starkes Votum für Gesetz, Institution und rechtliche Vollzugsgewalt zu verstehen. Wir dürfen nicht enthusiastisch oder leichtfertig vergessen, daß alle Möglichkeiten freieren Lebens erst in verläßlichen Strukturen möglich sind und daß der Mensch ein hörendes Herz

2. Vgl. zu *Kohnstamm*: Appell an die Kirchen der Welt, Dokumente der Weltkonferenz für Kirche und Gesellschaft, 1967, S. 100ff.

3. Vgl. *Gerhard von Rad*: Theologie des Alten Testaments, 1. Auflage 1957, Band 1, S. 200.

haben muß, wenn er den heilvollen Charakter dieser Strukturen herausbringen soll.

Vor diesem Hintergrund ist nun auch das große Thema zu sehen, das uns vor allem beschäftigen muß, nämlich das Thema der *destruktiven Strukturen.* Kohnstamm fragte: Warum müssen die internationalen Strukturen einschneidend geändert werden? Und er antwortete: Weil sie destruktiv sind für den Menschen und die Brüderlichkeit. Weil sie die Beziehungen der Kollektive zueinander nicht positiv regeln, sondern weil sie oft die politischen Kollektive einander wie kalte Bestien gegenüberstellen. Also so, daß die Kollektive fast mechanisch den Zwängen der Droh- und Abschreckungssysteme gehorchen oder in isolierter Schutzlosigkeit vor jeder möglichen Aggression dastehen.

4. Aber das Problem der destruktiven Strukturen ist nicht nur ein internationales, sondern ebensosehr ein innergesellschaftliches Problem. Das hat *Richard Shaull* in Genf eindrucksvoll dargelegt[4]. Dort, wo Strukturen wirklich wandlungsfähig sind, wo sie neue Impulse aufnehmen können, wo sie dem Menschen auf seinem Wege in eine offene Zukunft Raum und Anhalt geben, dort wird das Problem einer Revolution im Sinne des Umsturzes von gewaltsamen Herrschaftsverhältnissen gar nicht akut. Anders ist es, wenn die Gesellschaft sich zu einem totalen System ausbildet, das wesentlich der Festhaltung des Bestehenden dient. Sie steuert dann die Technik und die Massenkommunikationsmittel vorwiegend im Sinne einer fortschrittsblockierenden Selbstverteidigung. In dieser Lage müssen die Kräfte des Fortschritts eine »revolutionäre« Strategie finden, um neue, wandlungsfähige Strukturen zu erzwingen.

Gegenüber dem bisher dargestellten Problem dürfte eine ziemliche Einmütigkeit in der ökumenischen Bewegung bestehen. Man kann ja nicht leugnen, daß um der Verantwortung für die Menschen willen jede Kirche Kritik an *destruktiven* Strukturen der Gesellschaft üben muß. Aber woher nimmt der Christ die Kriterien zur Feststellung dessen, was eine destruktive Struktur ist? Woher die Maßstäbe zur Fortbildung des Bestehenden? Wie beurteilt er die Schwäche und die Stärke des gegenwärtigen Menschen, der in das System der bestehenden Strukturen unlösbar hineinverflochten ist? Welches Bild von einem Menschen der nächsten Zukunft steht ihm vor Augen? Träumt er von einem Menschen, der jenseits von Zwängen und Notwendigkeiten in einem Reich der Freiheit lebt und nur

4. Vgl. Appell an die Kirchen, S. 91–99.

seiner freien Spontaneität folgen wird? Oder rechnet er damit, daß die gegenwärtigen gesellschaftlichen und anthropologischen Zwänge und Antagonismen in verwandelter Form wiederkehren, so wie bisher noch nach einer jeden großen sozialen und politischen Revolution die alten Widersprüche in verwandelter Gestalt sich re-präsentierten? Ich könnte die Reihe dieser Fragen beinahe endlos erweitern – aber das wird uns nicht weiterhelfen. Wenn wir nach den künftigen Möglichkeiten des Menschen und also nach dem Geheimnis des Humanum fragen, dann müssen wir mit unseren Analysen klarstellen, woran Menschen heute am schwersten leiden, wodurch sie am meisten dehumanisiert werden. Erst von der Erkenntnis des Negativen her können wir positive Perspektiven skizzieren.

5. Die theologische Diskussion über eine Ethik der modernen Welt und über eine wissenschaftlich begründete Anthropologie versucht neue Perspektiven zu formulieren. Aber vielleicht hat sie sich zu sehr festgelegt auf die Diskussion der Alternativen von Prinzipien- und Situationsethik und nicht klar genug gesagt, von welchem Aspekt her man die Sachprobleme und die Frage nach dem Menschen angeht. Es ist aber ein fundamentaler Unterschied, ob man den Menschen als handelndes, produktives Wesen ins Zentrum der Überlegungen stellt, oder aber den Menschen als leidendes, dem Tode ausgeliefertes Geschöpf. Ich möchte vorschlagen, die Frage nach dem Humanum in drei fundamentalen Aspekten anzuvisieren.

Der erste Aspekt ist das Handeln und Gestalten; dieser Aspekt hat heute oft ein ganz einseitiges Übergewicht in unseren Überlegungen erhalten, weil die moderne Welt in einem dramatisch gesteigerten Ausmaß vom Menschen aktiv gestaltet werden muß. Der zweite Aspekt ist Leiden und Erfahren; dieser Aspekt wird angesichts der Faszination, die das Handeln auf den modernen Menschen ausübt, wenig beachtet und oft weitgehend aus dem öffentlichen Bewußtsein verdrängt. Aber er ist dennoch gerade für das Verständnis des Humanum von grundlegender Bedeutung; denn nur aus dem Leidenkönnen entspringt die Fähigkeit zum Mitleiden, zur Sympathie für den Mitmenschen, und ohne dieses wäre der Mensch zur In-Humanität verurteilt. Der dritte Aspekt ist die Identitätssuche des Menschen, die Erfahrung, die ihm beim Anstreben und Verfehlen seiner Identität zukommt. Dieser dritte Aspekt ist in die beiden anderen immer schon hineinverwoben; denn der Mensch sucht im Handeln immer auch seine Selbstbestätigung und seine Selbstverwirklichung, und im Leiden wie im Tode bangt er um sein Selbst, um seine Identität.

Schließlich muß man sagen, daß alle drei Aspekte einander auf eine sehr komplizierte Weise durchdringen und bedingen; aber um einem jeden von ihnen das gebührende Gewicht zu verleihen und um keinen von ihnen zu verdrängen und zu vergessen, ist es gut, sie zu unterscheiden und je gesondert zu behandeln. Es zeigt sich dann auch, daß die theologischen Fragen sich unter jedem dieser drei Aspekte sehr verschieden stellen.

2. Der Aspekt des Handelns

In der ökumenischen Sozialethik ist der Mensch bisher wesentlich unter dem ersten Aspekt, also als ein Handelnder, in Erscheinung getreten. So zielt zum Beispiel das Konzept der »Verantwortlichen Gesellschaft« auf die Herstellung von Lebensbedingungen, die es dem Menschen ermöglichen, Freiheit wahrzunehmen, Regierungen zu kontrollieren, zu kritisieren und zu wechseln, die Macht möglichst breit auf alle Glieder der Gesellschaft zu verteilen und allen möglichst gleiche ökonomische und soziale Chancen zu geben. Diese Betonung der verantwortlichen Aktivität ist völlig berechtigt; denn in der modernen Welt kann der Mensch gar nicht umhin, seine eigenen Lebensbedingungen und in diesen Lebensbedingungen sich selbst zu produzieren. *Emmanuel Mesthene* hat in Genf 1966[5] gezeigt, in welchem Umfang der Mensch fähig geworden ist, uralte Bindungen an die bloß vorfindliche Welt abzuwerfen und planmäßig von der Natur neue Alternativen zu erzwingen. Die Technik, so meinte er, ist mündig geworden, und zwar nicht nur als technische Fertigkeit, sondern auch als soziales Phänomen. Während bisher Gott als derjenige erschien, welcher der Welt und auch der Umwelt des Menschen ihre ewigen Ordnungen eingestiftet hat, findet sich der Mensch heute in einer Lage vor, in der er selbst der »Demiurg« – der Bildner und Gestalter seiner Welt werden muß. Die Radikalität, in der das geschieht, ist zweifellos eine neue Erfahrung des Menschen mit sich selbst und mit seiner Aktivität; er hat bisher kaum geahnt, welche demiurgischen Potenzen, welche Möglichkeiten der Naturbeherrschung, der Gesellschaftsgestaltung und sogar der physischen und psychischen Verwandlung des Menschen in ihm stekken.

Das alles hat *Mesthene* mit großer Klarheit herausgestellt, und er hat

5. Vgl. Appell an die Kirchen, S. 43–56.

eine mögliche theologische Antwort auf diese neue Situation angedeutet: der Mensch soll sich in seinen neuen demiurgischen Fähigkeiten als der mündige Partner Gottes verstehen. Aber nicht diese theologische Antwort will ich an dieser Stelle behandeln, sondern die anthropologische Konzeption, die Mesthene in seinem Vortrag zugrunde gelegt hat. Mesthene sieht wohl die Gefahren, die im Vorantreiben des technischen Prozesses liegen. Aber er beurteilt den Menschen als ein Wesen, das aus seiner innersten Anlage heraus gar nicht anders kann, als den Fortschrittsprozeß zu forcieren; denn der Mensch ist ein Wesen, das von Natur nach Wissen verlangt und gezwungen ist, alles zu untersuchen, wozu ihn die Neugierde treibt – mögen die Opfer auf diesem Wege so groß sein, wie sie wollen. Determinierende Dominante im Menschen ist also nach Mesthene der unbändige Drang, das Universum erkennend und herrschend zu durchdringen – und dieser Anlage des Menschen soll eine totale Intelligibilität des Universums entsprechen.

Dieses Bild vom Menschen und dem Universum halte ich für eine einseitige ideologische Projektion. Es projiziert den homo faber des spätbürgerlichen technisch-wissenschaftlichen Zeitalters sozusagen in das Zentrum des Humanum hinein und überspringt Grenzen, die bisher dem Menschen gesetzt sind. Nichts in unserer wissenschaftlichen Situation scheint mir dafür zu sprechen, daß der Mensch als ein prinzipiell omnipotentes Erkenntnissubjekt einem total durchdringbaren Objekt-Universum gegenübersteht. Vielmehr bedingen sich wissenschaftliche Erkenntnis und die zu erkennende Natur gegenseitig auf eine viel kompliziertere Art. Ich will das mit einem Zitat des Physikers *W. Heisenberg* deutlich machen. »Wenn von einem Naturbild der exakten Naturwissenschaft in unserer Zeit gesprochen werden kann, so handelt es sich also eigentlich nicht mehr um ein Bild der Natur, sondern um ein Bild unserer Beziehungen zur Natur. Die alte Einteilung der Welt in einen objektiven Ablauf in Raum und Zeit auf der einen Seite und die Seele, in der sich dieser Ablauf spiegelt, auf der anderen, also die Descartessche Unterscheidung von res cogitans und res extensa, eignet sich nicht mehr als Ausgangspunkt zum Verständnis der modernen Naturwissenschaft. Im Blickfeld dieser Wissenschaft steht vielmehr vor allem das Netz der Beziehungen zwischen Mensch und Natur, der Zusammenhänge, durch die wir als körperliche Lebewesen abhängige Teile der Natur sind und sie gleichzeitig als Menschen zum Gegenstand unseres Denkens und Handelns machen. Die Naturwissenschaft steht nicht mehr als Beschauer von der Natur, sondern erkennt sich selbst als Teil dieses Wechselspiels zwischen Mensch und Natur. Die wissenschaftliche Methode des Aussonderns, Erklärens und Ordnens wird sich der Grenzen bewußt, die ihr dadurch gesetzt sind, daß der Zugriff der Methode ihren Gegenstand verändert und umgestaltet, daß sich die Methode also nicht mehr vom Gegenstand distanzieren kann. Das naturwissenschaftliche Weltbild hört damit auf, ein eigentlich naturwissenschaftliches zu sein[6].« Diese zunächst erkenntnistheoretische Aussage von Heisenberg hat – wenn sie richtig ist – erhebliche Folgen für die Beurteilung des Menschen als dem Demiurgen seiner Welt. Er hat zwar durch Naturwissenschaft und Technik eine immens erweiterte Produktivkraft zur Verfügung, aber indem er nun selbst in seiner Umwelt überwiegend den von ihm selbst hervorgebrachten Strukturen begegnet, begegnet er im Grunde immer wieder sich selbst und muß sich nun fragen, wer er selbst ist und wer er selbst sein will. Die Frage nach seiner Identität als Mensch drängt sich ihm hier gebieterisch auf, und weder Naturwissenschaft noch Technik gibt ihm eine Antwort auf diese Frage. Bildlich gesprochen: sie wartet darauf, daß der Mensch von anderswoher weiß, wer er ist, wer er sein will[7]. So wichtig also auch die demiurgische Produktivkraft des Menschen ist, ich kann dennoch Mesthene nicht darin folgen, daß er den Menschen unter dem Zwange sieht, alles zu untersuchen, zu lernen und zu tun, wozu ihn die Neugierde treibt. Das Eingeständnis des Menschen, daß er mit seinen eigenen Schöpfungen nicht fertig wird, ist nicht das, als was Mesthene es bezeichnet, nämlich »das Äußerste an Entmenschlichung, die Kapitulation von Intelligenz, Mut, Phantasie und Sehnen, eben der Qualitäten, die uns zum Menschen machen«[8]. Vielmehr muß die demiurgische Produktivität des Menschen in Bahnen gelenkt werden, die in Einklang stehen mit den anderen Aspekten seiner Humanität. Die technisch-wissenschaftliche Produktivität bedarf unumgänglich der Kontrolle und Regelung, wenn sie nicht zerstörerisch oder humanitätshemmend wirken soll. In dieser Frage verdienen die Analysen von H. Marcuse und noch mehr von Th. Adorno unsere Beachtung.

Für die Kirchen ist es besonders wichtig, daß diese Erkenntnis gegen-

6. Vgl. *W. Heisenberg*: Das Naturbild der heutigen Physik, in: Die Künste im Technischen Zeitalter, hg. Bayerische Akademie der Schönen Künste, 1956, S. 45 f.

7. Vgl. Römerbrief, Kap. 8, 19–23.

8. Vgl. Appell an die Kirchen der Welt, S. 51 f.

über den destruktiven Strukturen der internationalen Beziehungen, insbesondere den methodisch höchst differenziert durchdachten Droh- und Abschreckungssystemen der Großmächte und ähnlichen Beispielen konkretisiert und bis zu voller Klarheit durchdacht wird. Viele Denker sind geneigt, die Droh- und Abschreckungsmechanismen auf die »Natur« des Menschen zurückzuführen und in ihr nur die großdimensionale Projektion der Aggressivität im Menschen überhaupt zu sehen. Aber durch nichts ist bewiesen, daß Aggressivität mit zerstörerischen Konsequenzen zum Humanum selbst gehören müsse; es gibt vielmehr eine »Naturgeschichte der Aggressionen«, also eine Geschichte ihres Werdens, die erwarten läßt, daß sie beeinflußbar sind und reguliert werden können. Zur Sendung der Christen in dieser Welt gehört es, durch Überwindung von Aggressionsmechanismen am Hervorbringen des Friedens teilzunehmen (vgl. Matthäus 5,9).

Die bestehenden internationalen Strukturen zwischen den großen Industrienationen sind durch ihren tiefen Zusammenhang mit Drohungs- und Abschreckungsmechanismen charakterisiert. Jedes an diesen Systemen teilhabende Kollektiv empfindet die Notwendigkeit, sich vor möglichen Aggressionen der anderen zu schützen. Dazu bedarf es im technisch-wissenschaftlichen Zeitalter ungeheurer Aufwendungen. Diese haben freilich auch eine stimulierende Bedeutung für die einzelnen Wirtschaftssysteme und liegen vielfach im Interesse der Vollbeschäftigung, der Produktivitätszunahme und anderer Faktoren. Fälschlicherweise glauben viele, auf sie niemals verzichten zu können. Aber die militärischen Aufwendungen enthalten eminente sozialpsychologische Probleme. Wenn man Menschen willig machen muß, für Droh- und Abschreckungsmechanismen hohe Opfer an eigenem Konsum zu bringen, so muß man ihre Angst vor der Aggressivität eines potentiellen Gegners steigern und diese Angst zu einer Re-Aggressivität umwandeln. Durch Angst und geplante Aggressivität verengt man jedoch das Gesichtsfeld und das Realitätsbewußtsein des Menschen und fördert dehumanisierende Tendenzen. Die Macht solcher Systemzusammenhänge reicht so weit, daß auch die methodischen Voraussetzungen von Wissenschaften durch sie betroffen sind. Denn einerseits müssen nun zum Beispiel die Sozialwissenschaften und die technischen Wissenschaften ihre Theorien im bestehenden Zusammenhang der durch Droh- und Abschreckungsmechanismen bedingten Gesellschaften formulieren, wenn sie nicht von utopischen Voraussetzungen ausgehen wollen, und andererseits fehlt ihnen der Impuls und die reale

Möglichkeit, Gesellschafts- und Wirtschaftssysteme zu entwerfen, welche die bestehenden destruktiven Strukturen transzendieren.

Aggressivität und Drohung charakterisieren auch weitgehend die Beziehungen zwischen den Industrienationen und den Ländern der sogenannten Dritten Welt. *Bola Ige* aus Nigeria etwa[9] oder manche Sprecher Lateinamerikas haben in Genf 1966 dargestellt, wie Entwicklungshilfe mit Erpressung und neokolonialer Einmischung verbunden sein kann und wie auf der anderen Seite eine Re-Aggressivität bis zur Revolutionsdrohung und subversiven Rachegelüsten entstehen muß. Schließlich beansprucht das Rüstungsbedürfnis der Industrienationen gegeneinander ihre Mittel so sehr, daß ein zureichender Beitrag für eine fortschrittliche Entwicklung der nichtindustriellen Nationen ausbleibt und so ein Unfrieden geschürt wird, der auf die Industrienationen selbst zurückschlagen muß. Denn soweit in ihnen Humanität lebendig ist, schafft der Anblick des Elends in den Völkern der Dritten Welt ihnen ein schlechtes Gewissen, eine ständige Kritik, ja eine Negation und Destruktion der eigenen gesellschaftlichen Institutionen und Organisationsformen. Die eminente Steigerung der demiurgischen Produktivität des Menschen enthält also so lange höchste Gefahren für die Zivilisation, solange sie nicht zu einem gleichzeitigen Abbau der Aggressivität führt; und zwar nicht der menschlichen Aggressivität an sich, sondern jener Aggressivität, die sich in die staatlich-politischen und die sozio-ökonomischen Strukturen inkarniert hat und nun durch handfeste partikulare Interessen perpetuiert wird.

Ich kann diesen Abschnitt nicht schließen, ohne einen weiteren Aspekt der menschlichen Aggressivität zu nennen. Der deutsche Biologe *Friedrich Oehlker* hat in einer Rede an der Freiburger Universität folgende Sätze gesprochen: »Für die Tier- und Pflanzenwelt ist der Mensch das schlechthin satanische Wesen; mit überlegenen, unheimlichen Mächten ausgestattet geht er in allem seiner Willkür nach. Er pflanzt die Gewächse an, wo und wie er mag, und er vernichtet sie wieder nach seinem Gefallen. Er verändert sie nach seinem kurzsichtigen Gutdünken, weil er eine oberflächliche Kenntnis der Gesetze der Veränderung besitzt, und sie folgen ihm willig und still. Die Zerstörungen aber, die der Mensch in seiner Verwaltung des ihm anvertrauten Planeten anrichtet, sind so furchtbar und zugleich so unwiderruflich, daß er sich selbst auf die Dauer damit zerstören muß.« Ich kann nicht beurteilen, ob die unbedachte menschliche

9. Vgl. Appell an die Kirchen, S. 63–69.

Aggression gegen die Lebenswelt unseres Planeten notwendigerweise die von *Friedrich Oehlker* vorausgesagten Folgen haben muß. Aber inzwischen ist der Mensch schon einen Schritt weitergegangen; er hat eilig begonnen, seine eigene biologische Naturbasis zu verändern und Teile seines Leibes so auswechselbar zu machen, wie es Teile einer Maschine sind.

Was hat nun die Theologie zu diesem Aspekt des Humanum, also zum demiurgischen Handeln des Menschen, zu seiner weltverändernden Aktivität und der mit ihr bisher unlösbar verbundenen Aggressivität zu sagen? Im 1. Buch Mose finden wir die Sätze: »Und Gott sprach: Lasset uns Menschen machen nach unserem Bilde, uns ähnlich; die sollen herrschen über die Fische im Meer und die Vögel des Himmels, über das Vieh und alles Wild des Feldes und über alles Kriechende, das auf der Erde sich regt. Und Gott schuf den Menschen nach seinem Bilde, nach dem Bilde Gottes schuf er ihn.« Die Herrschaft über unseren Planeten ist demnach dem Menschen anvertraut worden, »daß er ihn bebaue und bewahre« (1 Mose 1,26–27 und 2,15). Auch Paulus sieht alles Geschaffene in einer geheimnisvollen Angewiesenheit auf den Menschen (Römer 8,19ff.). Aber in der modernen Welt nimmt die Unterwerfung der Kreatur unter die Herrschaft des Menschen nun einen eigentümlich radikalen Charakter an. Je weiter die naturwissenschaftliche Erkenntnis und die technische Produktivität vordrängt, desto weniger findet der Mensch in seiner Umgebung irgendeine in sich ruhende Eigenständigkeit und Ordnung, desto unmittelbarer fallen alle Entscheidungen auf ihn, den Menschen, zurück. Es bleibt also dem Menschen von heute keine Wahl: er muß auf seinem Wege fortschreiten, denn ohne den technisch-wissenschaftlichen und sozio-ökonomischen Fortschritt kann die jetzt lebende und die künftige Weltbevölkerung nicht ernährt werden. Die Fürsorge für den Mitmenschen, für seine elementarsten Lebensbedingungen – und nicht nur der bloße Drang zum Neuen – zwingt also den Menschen, seine Welt zu verändern. Die Liebe, die sich zur Zeit Jesu vorwiegend in unmittelbaren Handlungen am Nächsten realisierte, muß heute weitgehend den abstrakteren Weg der Veränderung und Überwindung destruktiver Strukturen gehen, und das Instrumentarium dafür ist der Vernunft des Menschen anvertraut. Er vermag neue Lebensbedingungen zu produzieren und er vermag abzusehen, daß in den neuen Strukturen auch der Mensch ein anderer sein wird. Diese Situation als Auftrag Gottes an den mündigen Menschen zu verstehen, ist Aufgabe der Theologie.

Aber wohin soll die Richtung dieser Weltverwandlung und Menschenverwandlung gehen? Wer wird der Mensch der nächsten Zukunft sein, an dessen Hervorbringung wir verantwortlich beteiligt sind? Was ist das Humanum, nach dem sich alles Handeln in die Zukunft hinein richten sollte? Denn nur ein sicheres Wissen um das Humanum könnte alle Kriterien bereitstellen, um den Prozeß der aktiven Weltveränderung sinnvoll zu regulieren. An dieser Stelle spüren wir die Folgen, die sich daraus ergeben, daß wir anfangs die negative These aufgestellt haben: »Jede Definition, jede inhaltliche Bestimmung des Humanum würde gegen wahre Humanität verstoßen; denn sie würde den Menschen auf unsere heutige Erkenntnis festlegen, sie würde also nur unsere heutigen Verhältnisse reflektieren und in ihren Folgen dem Menschen seine Offenheit für die Zukunft verstellen.«

Positives Richtungskriterium für die Dimension menschlichen Handelns und Produzierens kann also das Humanum nicht sein. Vielleicht aber doch ein Kriterium, das via negationis wirksam wird? Können nicht Christen und Humanisten gemeinsam ganz eindeutig sagen, daß Strukturen, welche der Aggressivität bedürfen und die Aggressivität produzieren, destruktiv sind und der Überwindung bedürfen? Ist dann nicht schon eine kritische und unabhängige Analyse und Durchleuchtung der bestehenden internationalen und gesellschaftlichen Strukturen eine eminent wichtige Aufgabe? Müssen und können die Kirchen nicht denjenigen Menschengruppen, welche von repressiven Verhältnissen bedrängt sind, zu Hilfe kommen, und zwar nicht nur karitativ, sondern auch, indem sie ihnen ein rationales Verständnis ihrer Situation vermitteln und aufzeigen, wie ein Weg in einen besseren Zustand hinein gefunden werden kann? Kann man hier nicht anknüpfen an all die verschiedenen Verständnisweisen des Humanum, die sich in den Kontinenten, Gesellschaften, Völkern und Stämmen entwickelt haben? Läßt sich von daher nicht aufweisen, was jeweils als Unterdrückung und Leiden und dann schließlich auch als Überwindung bestimmter destruktiver Lebensformen verstanden werden kann?

Ganz analog zu dieser Weise eines Verständnisses des Humanum ist doch offenbar der Apostel Paulus mit den Auffassungen des Menschlichen umgegangen, die er in seiner Umwelt vorfand. Er hat die Tugend- und Lasterkataloge jüdischer Lehrer oder heidnischer Philosophen nicht einfach beiseite geworfen, um sie durch eine christliche Definition des Humanum und durch entsprechende Tugendregeln zu ersetzen und zu überbieten. Paulus hat gewissermaßen das jeweils vorgegebene Verständnis von Tugend und rechtem Handeln von innen her verwandelt, indem er in den Traditionen die Liebe als des Gesetzes Erfüllung zur Geltung brachte und indem er die Bereitschaft zur Vergebung und zum Leiden lebendig werden ließ (vgl. Römer 12, 9–13, 10). Damit ließ er die Bedingungen sichtbar werden, die fundamentaler sind als alle inhaltlich gefüllten und konkreten Vorstellungen vom Humanum, deren man in den verschiedenen geschichtlichen Situationen bedarf, um sinnvolle Richtlinien für das Handeln zu gewinnen.

3. Der Aspekt des Leidens

Die demiurgischen Potenzen des Menschen werden durch die Strukturen der modernen Welt herausgefordert. Damit treten die aktiv-produzierenden Möglichkeiten in den Vordergrund. Aber sie sind nur *ein* Aspekt des Humanum und sie sind insofern in sich selbst »blind«, als die Steigerung der Aktivität um ihrer selbst willen nicht ein letztes Ziel für den Menschen sein kann. Denn höchste Aktivität kann in ihren Konsequenzen sehr inhuman sein.

Eine ganz andere Bedeutung für das Humanum hat der Aspekt, den wir jetzt zu betrachten haben: das Leiden. Überall, wo Schmerz, Krankheit, Hunger, Bedrängnis durch ungerechte Verhältnisse, Verbitterung und Unterdrückung hervortreten, werfen sie den Menschen auf sich selbst zurück und stellen ihn zutiefst in Frage. Das Leiden enthält also deutlichere Verweise auf das Humanum selbst als alle Produktivität. Dem angefochtenen, leidenden Menschen gilt viel unmittelbarer die Sympathie, das solidarische Mitleiden der anderen Menschen, als etwa dem aktiven homo faber, der allenfalls Bewunderung, nie aber Mitgefühl auzulösen vermag. Leiden-Können und Mitleiden-Können in ihrer unlösbaren Zusammengehörigkeit sind das elementarste soziale Phänomen in der Sphäre des Humanum. Deshalb gehört es zu den gefährlichsten Begleiterscheinungen moderner Gesellschaftsstrukturen, daß sie Leiden und Tod aus dem persönlichen Gesichtsfeld des Menschen möglichst weitgehend verdrängen, eben weil diese in der Gesellschaft keinen funktionalen Wert zu haben scheinen. Man vergißt dabei, daß alle Kooperationsfähigkeit der Menschen miteinander auf dem Vermögen beruht, sich ein Stück weit mit dem Mitmenschen zu solidarisieren, ja, sich mit etwas in seinem Leben zu identifizieren.

Das Grundereignis der humanen Solidarisierung wird im Leiden und Sterben Christi manifest. Jesus verbindet sich in seinem Sterben mit »den vielen«; sein Tod bedeutet Stellvertretung, solidarisches Eintreten für den sündigen und darum gottfeindlichen Menschen. Aus diesem Grunde wird die fundamentale Gemeinschaft innerhalb der Christenheit durch die Teilnahme am Leiden Christi »für andere« realisiert und im Abendmahl dokumentiert. Der Aspekt der Mitmenschlichkeit im Humanum hat hier seinen gültigen Ausdruck gefunden.

Jesu Leiden am Kreuz ist äußerste Anfechtung seines Menschseins in der Gemeinschaft mit Gott. Es steht unter dem Verzweiflungsschrei: Mein Gott, mein Gott, warum hast du mich verlassen? Jesu Menschsein ist damit in die notvolle Zone der Verborgenheit Gottes und also in die äußerste Preisgegebenheit des Menschlichen hineingerückt. Aber Jesu Verzweiflungsschrei ist zugleich ein Gebetruf mit den Worten des 22. Psalms. Jesus hört nicht auf, zum verborgenen Gott zu rufen und sein Leiden und Sterben vor ihn zu bringen. Hier wird eine allerletzte, paradoxe Möglichkeit für den Menschen sichtbar: auch in der äußersten Verlassenheit über sich selbst hinauszugehen und nach Gott zu rufen. Wenn für Salomo ein hörendes Herz als die höchste Möglichkeit des Menschen erschien, so müssen wir jetzt noch einen Schritt weitergehen. Es ist dem Menschen wesentlich, inmitten allen Leidens, das ihn auf sich selbst zurückwirft, sich selbst zu transzendieren im Gebetruf nach Gott. Hier leuchtet eine unaufgebbare Dimension von Hoffnung auf.

Man wird gewiß nicht sagen können, daß die Stimmen und Aktionen der Ökumene die Dimension des Leidens im Humanum vergessen haben; das Eintreten für die Qualen der Hungernden, für die Opfer der Konzentrationslager und der Kriege bis hin zu Vietnam, für die Unterdrückten in ungerechten Sozialordnungen ist immer als wesentliche Aufgabe verstanden worden. An Protesten und Resolutionen hat es nicht gefehlt. Wohl aber fehlt es uns noch an der Erkenntnis, was die Verdrängung, Verwandlung und modifizierte Gestalt der menschlichen Leiden unter den Bedingungen der modernen Welt bedeutet. Gerade in den hochzivilisierten Staaten ist es üblich geworden, Kranke und Sterbende abzuschieben aus den Häusern und Familien und sie in den großen Apparaturen der Hospitäler zu isolieren, daß die Angehörigen gegen anschauliches Mitleiden abgeschirmt werden. Was wird es für die Humanität des Menschen bedeuten, wenn die Techniken der Abschirmung gegen Krankheit und Mitleiden weiter fortschreiten? Wird die Möglichkeit, sich mit dem Nächsten zu identifizieren und mit anderen Menschen zu solidarisieren, absterben, wenn fremdes Leiden immer mehr abgeschirmt und das Bevorstehen eigenen Leidens immer mehr in Vergessenheit geraten wird? Sozialstrukturen, in denen das geschieht, könnten gerade bei aller Funktionstüchtigkeit destruktiv sein, weil sie ein Sensorium absterben lassen, welches für das Humanum konstitutiv ist.

Dabei besteht kein Zweifel darüber, daß die Bekämpfung aller vermeidbaren Leiden die Aufgabe des Menschen ist. Was die Medizin im Bündnis mit den Wissenschaften hier leisten kann, muß auf schnellstem Wege realisiert werden. Der humane Protest gegen das Verhängnis der Krankheit ist legitim; das Evangelium bezeugt das eindringlich mit den Erzählungen über Jesu Heilungen an Kranken und Leidenden. Aber alle Techniken der Krankheitsbeseitigung verhindern nicht, daß Leiden, sowohl körperliches wie seelisches, sich in neue Formen inkarniert. Um der Humanität willen ist es notwendig, daß die Kirchen zu neuen Formen der Dokumentation der Bedrängnisse und des Todes übergehen und so die trügerische Isolierung des Menschen gegen Leiden und Mitleiden durchbrechen.

Wenn es so ist, wie wir oben gesagt haben, daß Liebe heute nur selten spontan und unmittelbar sich realisieren kann, daß sie sich vielmehr inkarnieren muß in die Strukturen, Institutionen und Prozeßabläufe, so gilt etwas Analoges auch vom menschlichen Leiden. Es hat seine unmittelbare Anschaulichkeit in der modernen Welt weitgehend verloren und bedarf darum der sorgfältigen Erfassung in eben diesen modernen Strukturen und Abläufen. Die Gesellschaftskritik tritt damit unter einen anderen Aspekt als dort, wo es nur um die Herstellung leistungsfähiger und fortschrittsoffener Sozialsysteme geht. Sie wird hier zurückbezogen auf einen anderen Grundaspekt des Humanum und empfängt von ihm her andersgeartete Leitkriterien. Die institutionell eingefahrenen Zwänge von Herrschaft und Abhängigkeit, von Konsumbedürfnis und Manipulation dieser Bedürfnisse, zum Beispiel in Massenkommunikationsmitteln, die Frustrierung des Menschen, der nach Eigenem sucht und nur Vorgefertigtes nachahmen kann, die Abhängigkeit von der Angst, die in den politischen Droh- und Abschreckungssystemen erzeugt wird, die daraus resultierende soziale und psychische Friedlosigkeit, das alles gehört in eine Pathologie der modernen Gesellschaft, sofern sie sich bewußt ist, daß Leiden eine unaufhebbare Grundstruktur im Humanum ist, aber nicht passiv hineingenommen werden soll, sondern jeweils von neuem beantwortet werden muß. An den Antworten des heutigen Menschen auf seine

Ängste und Leiden, seine Schmerzen und seine Frustrationen mitzuarbeiten, sie in der Tiefe zu durchdenken und sie im Konkreten zu realisieren, das ist eine der großen Aufgaben, die heute vor der Christenheit stehten. Ihre Herkunft von dem stellvertretenden Leiden und Sterben Christi sollte sie unablässig bei dieser Aufgabe festhalten; die Hoffnung der Auferstehung aber sollte ihr Denken transzendieren lassen über das Bestehende hinaus in jene Dimension, wo Leid und Tod nicht mehr sind.

4. Der Aspekt der Identitätssuche im Humanum

Jeder Mensch ist von der Frage nach seiner Identität bewegt, also von der Frage, wer er eigentlich ist oder sein will. Diese Frage stellt sich meist nicht abstrakt, sondern verbirgt sich in den verschiedenen Aspekten menschlichen Verhaltens. Auch der Mensch, der Maschinen baut und mit Apparaturen umgeht, legt ein Stück »Seele« in diese Dinge, mit denen er umgeht, hinein; und der Mensch, der leidet, empfindet nicht nur den Schmerz, der ihn trifft, sondern ihm wird angst um sein Leben, um sein Selbst. Was aber ist dieses sein Leben, diese seine Identität, um die er sich ängstet? Das können wir nicht inhaltlich bestimmen, und zwar eben aus dem Grunde, den wir schon anfangs anführten, als wir sagten, daß Humanität sich nicht inhaltlich bestimmen läßt, weil eine solche Bestimmung die Offenheit des Menschen für seine Zukunft verstellen würde. Identitätssuche aber läßt sich strukturell charakterisieren und phänomenologisch verifizieren, wie es zum Beispiel *Erik H. Erikson* in seinem Buch »Identität und Lebenszyklus« getan hat[10]. Es sind gerade die Identitätskrisen, in denen der Sachverhalt deutlich wird, daß es dem Menschen immer um ihn selbst, um sein Selbst geht.

Die ständige Suche nach Identität, die immer nur vorübergehend und relativ zur Ruhe kommt, bestätigt, daß der Mensch ein geschichtliches und auf Zukunft angelegtes Wesen ist. Er kann sein Leben nur haben aus dem, was ihm die Geschichte der Menschheit in ihrer Umwelt übermittelt, und er sucht stets darüber hinauszukommen, indem er durch Bewahrung und Neuproduktion Eigenes hinzufügt. Je mehr nun die Naturbeherrschung gesteigert worden ist, je mehr der Mensch seine eigene biologische Basis und seine soziale Existenz planvoll zu gestalten vermag, desto wichtiger

10. 1966; Originalausgabe: Identity and the Life, 1959.

fällt auf ihn die Frage zurück, wer er selbst, der Mensch, denn nun in der von ihm zu gestaltenden Welt werden will? Denn aus dem Wunsch, dieser oder jener zu werden, ergeben sich ganz verschiedene Entscheidungen in der Gestaltung der sozialen Strukturen, in der Zielsetzung der Wissenschaften und in allem, was den künftigen Habitus des Menschen betrifft. Die Steigerung der demiurgischen Potenz gibt also der Frage nach der Identität des Menschen höchstes Gewicht. Aber auch das Leiden des Menschen, Krankheit, Friedlosigkeit und soziale Unterdrückung wirft für den Menschen die Frage seiner Identität auf. Die Entfremdung von seinem Selbst kann aufs äußerste wachsen. Das wird besonders deutlich an einem Grenzproblem, das bei einem Kranken entsteht, dessen physisches Leben nur noch durch künstliche Apparaturen aufrechterhalten werden kann. Der Arzt steht hier vor der Frage, wann denn nun das Humanum dieses Lebens entschwunden ist, wann dem ärztlichen Gebot zur Lebenserhaltung eine Grenze gesetzt ist durch das Recht des Patienten zu seinem eigenen Sterben.

Sosehr sich die Identitätssuche des Menschen unter den aktiven und passiven Aspekten seines Verhaltens verbirgt, so wichtig ist es doch, sie als eigene Perspektive des Humanum zu erfassen. Denn in der menschlichen Identitätssuche vor allem wird das angesprochen, was wir die Frage nach der Wahrheit nennen, nämlich die Frage nach einer Instanz, die den jeweils einzelnen Subjekten überlegen ist, die wohl im Wechsel der historischen Epochen verschieden in Erscheinung tritt, dabei aber dennoch ihre Kontinuität nicht verleugnet. Wenn der Mensch seine Identität inmitten seiner Mitmenschen sucht, wenn er sie im Wechsel seiner Lebensphasen zu gewinnen trachtet, so ist er auf der Suche nach der Wahrheit, die sich ihm geltend macht als Hinweis auf eine endgültige Gestalt seines Selbst-Seins, als Streben nach einer Gestalt, die es verdient, allgemein akzeptiert zu werden und bewahrt zu werden. Darum sieht sich der Mensch in seinem Streben nach Identität angewiesen auf das Angenommenwerden von Mitmenschen; auf die Liebe, die ein gültiges Humanum im anderen Menschen anerkennt. Diese annehmende Liebe sieht freilich den Mitmenschen nicht nur in dem, was er jetzt schon ist, sondern betrachtet ihn in der Perspektive der Zukunft und der Hoffnung, und gerade in dieser Perspektive wird er schon jetzt liebenswert.

Identitätssuche ist also notwendig mit der Suche nach Wahrheit und Liebe verbunden und verbindet so auch den einsamsten Menschen noch mit anderen Menschen und mit der Wirklichkeit, die er zu erfahren und in seiner Sprache zu erfassen versucht. Es gehört zu ihr aber zugleich die eigene Erfahrung, daß der Mensch handelnd und leidend sein Selbst immer wieder verfehlt. Auch die marxistische Erfahrung kommt darin mit aller humanistischen Erfahrung überein, daß der nichtentfremdete, der im vollen Sinne eigentliche Mensch nur als Zukunft erhofft werden kann. Identitätssuche ist niemals in vollem Sinne Identitätsfindung und bleibt gerade so in ihrer Offenheit ein Stimulans der Humanität.

Dieser Tatbestand findet beim Apostel Paulus eine eigenartige Deutung. Paulus beschreibt, wie der religiöse Mensch gerade, indem er mit Leidenschaft seine Identität vor Gott zu erreichen sucht, sie verfehlt. Das erfüllte Humanum, die Gerechtigkeit vor Gott, vermag der Mensch weder handelnd noch leidend zu erkämpfen; versucht er es dennoch, so verwikkelt er sich in Selbstwidersprüche, die ihm seine Ohnmacht gerade in dieser Hinsicht eindeutig zeigen (Römer 7,13–25). Daraus folgt, daß der Christ ein grundlegend verändertes Verhältnis zu seiner eigenen Identitätssuche findet: er weiß um den unaufhebbaren Abstand, der ihn als Entfremdung von seinem erhofften Selbst trennt, und er interpretiert diesen Abstand als Folge und Inhalt seiner Sünde, die er nicht aus eigenem Vermögen zu überwinden vermag. In dieser Situation heißt »glauben«, fest darauf vertrauen, daß Gott von sich aus den Menschen, der seine Identität vergeblich erstrebt, bereits angenommen und ihm so eine spezifische Identität verliehen hat. Durch dieses Vertrauen ändert sich grundlegend das Verhältnis zu seiner eigenen Identitätssuche; der Zwang, das eigene Selbst im Handeln und Leiden zu suchen, wird aufgelöst, der Mensch hat »Frieden mit Gott« (Römer 5,1). Er hat jetzt einen Anteil am Leben empfangen, der ihn aller Nötigung zur Identitätssuche enthebt und ihn frei macht, sein Leben nicht mehr als *sein* Leben, sondern als das Leben Christi in ihm zu führen (Galater 2,20). Wo aber Christus im Menschen lebt, da bekommt das Leben die Struktur der Liebe, eines Seins, das für andere da ist.

Diese Wendung im Verhältnis zur eigenen Identitätssuche hat sehr konkrete Folgen, sowohl im Handeln wie im Leiden. Denn der demiurgisch schaffende Mensch kann nicht umhin, seine Art der Weltveränderung immer zugleich als einen Akt der Selbstverwirklichung zu betreiben. Das heißt aber: die Gebundenheit an sein nach Verwirklichung drängendes Ich mischt in seine sachliche Zielsetzung persönlich-egoistische Motive ein und korrumpiert dadurch die Zielsetzung. Dieser Vorgang läßt sich in der Geschichte besonders klar dort beobachten, wo große allgemeine

Ziele unter die Verfügungsgewalt einzelner Persönlichkeiten geraten und pervertiert werden.

Auch im Leiden und Sterben hat das vom Glauben geschenkte Verhältnis zur eigenen Identitätssuche eine tiefe Bedeutung. Sofern sich nämlich der Mensch im Leiden um den Verlust seines Selbst ängstigt, befreit ihn das Wissen um seine in Gott geborgene Identität von der Angst; und Freiheit von der Lebensangst ist eine große Gabe und Macht (Johannes 16,28).

Im christlichen Glauben tritt das Humanum also unter eine neue Bestimmung: für jeden einzelnen steht seine Erfüllung noch aus, und doch hat jeder Glaubende schon Anteil an der Erfüllung des Humanum, wie sie in Christus sich ereignet hat. Aus dieser Perspektive kann von Christus als der Wahrheit, dem Weg und dem Leben gesprochen (Johannes 14,6) oder auf Christus als den zweiten Adam, den wahren Menschen verwiesen werden (Römer 5,12–21). Für den Christen ist das Humanum also nur in *einer* Perspektive als ein rein zukünftiges zu bestimmen; in anderer Perspektive aber *ist es schon* in Leben, Sterben und Auferstehung Christi als ein erfülltes manifest geworden und gibt uns einen Rückhalt bei unserem Auftrag in dieser Welt.

5. Folgerungen

Wir haben uns der Frage nach dem Humanum unter der Berücksichtigung der drei fundamentalen Aspekte Handeln, Leiden, Identität genähert. Unter jedem dieser Aspekte stellen sich die anthropologischen und theologischen Fragen in verschiedener Weise, aber keiner von ihnen darf vernachlässigt werden, wenn wir sachgerecht vorgehen wollen. Es bestätigt sich unsere Anfangsthese, daß jede inhaltlich-abschließende Definition des Humanum gegen wahre Humanität verstößt, weil sie den Menschen auf unsere heutige Erkenntnis festlegt und seine Offenheit für Zukunft verstellt. Diese negative Aussage wird auch nicht aufgehoben durch die theologische Aussage, daß in Christus das Humanum in seiner höchsten Erfüllung erschienen ist; denn unsere Partizipation an Christus verweist uns ja auf seine noch ausstehende Zukunft; der Glaube begründet Hoffnung.

So bleibt das Humanum eine bedrängende Frage an unsere in radikalem Umbruch befindliche Welt. Die theologischen Aussagen stellen die Frage nach der Menschlichkeit des Menschen in bestimmte Perspektiven hinein, geben aber nicht von sich aus *inhaltliche* Auskünfte darüber, wie das Humanum in der modernen Weltgestaltung, in Prozessen der Revolution und Emanzipation, des Nationenaufbaues und der Wandlung gesellschaftlicher Strukturen zu verstehen sei. Inhaltliche Antworten werden erst möglich an Hand konkreter Probleme. Dabei ist christliches Verständnis des Humanum jeweils auf den Dialog mit den Wissenschaften angewiesen. Diese erforschen mit sehr verschiedenen Methoden, wie menschliches Leben unter modernen Bedingungen sich vollzieht und sich gestalten läßt. Die Schwäche der heutigen Wissenschaften aber ist es, daß sie ihre vielfältigen Erkenntnisse und Theorien nicht aufeinander abzustimmen vermögen, weil Möglichkeiten wissenschaftlich-methodischer Kooperation an dem einen Thema »Mensch« nicht ausreichend entwickelt sind. Dementsprechend fehlt auch die Möglichkeit zu einer von Wissenschaften geklärten Praxis in der Gestaltung der menschlichen Lebenswelt. Wissenschaftliche Ergebnisse wirken in ganz unkontrollierbarer und oft zielloser Weise auf die Gesellschaft ein und fördern leicht ihre gefährliche irrationale Dynamik.

Angesichts der mangelnden Kooperation der Wissenschaften, die sich direkt oder indirekt mit dem Menschen befassen, sollte die Theologie den Dialog mit ihnen aufnehmen und nachhaltig durchführen. Wenn christliches Denken in der Lage wäre, die entscheidenden Fragen des Humanum im Umbruch der Gegenwart zu verstehen und zu formulieren, könnte es zum großen Anreger für die Kooperation der Humanwissenschaften werden. Auf diese Aufgabe ist die Theologie selbst allerdings wenig vorbereitet. Entweder meint sie, inhaltlich konkrete Antworten auf die Frage nach dem Humanum selbst geben zu können – dann wird sie zu einer unter anderen Ideologien –, oder es gelingt ihr nicht, die spezifisch christlichen Perspektiven so zu formulieren, daß sie für die methodischen und inhaltlichen Aussagen der Wissenschaften offenbleiben und dennoch ihre eigentümliche Bedeutung behalten. Über dieses Dilemma muß die Theologie hinauskommen, wenn der sinnvolle Dialog mit den Humanwissenschaften möglich werden soll. Mir scheint, daß die ökumenische Bewegung hier eine besondere Aufgabe hat. Sie kann ein Forum der Diskussion herstellen, auf dem praktische Erfahrungen aus vielen Aktionen zugunsten des Menschen, wissenschaftliche Gesichtspunkte und Ergebnisse aus allen Ländern und theologische Erkenntnisse aus allen Kirchen zusammentreffen. Dieses Forum der Diskussion wird freilich nur dann die ihm zukommende Bedeutung gewinnen, wenn es getragen wird von kontinuierlicher und koordinierter wissenschaftlicher und theologischer Forschung. Auf diesem Gebiet sehe ich zur Zeit den größten Mangel; mir scheint, es fehlt oft der Mut, langfristige Arbeitsprogramme in dieser Richtung zu entwerfen und sie durchzuführen.

2.
Ernst Troeltschs Bedeutung für die evangelische Sozialethik

Diese Vorlesung wurde am 17. Februar 1965 an der Universität Heidelberg gehalten. Zum 1. November 1963 war ich auf den neu eingerichteten Lehrstuhl für Systematische Theologie (Sozialethik) berufen worden und hatte nun ein theologisches Gebiet wahrzunehmen, das Ernst Troeltsch von 1894 bis 1914, also bis zu seiner Berufung nach Berlin, mit großer öffentlicher Resonanz vertrat. Da seit dieser Zeit nur relativ wenig Vorlesungen auf dem Gebiet der Sozialethik und theologischen Ethik in Heidelberg gehalten worden waren, wählte ich den Tag der hundertjährigen Wiederkehr des Geburtstags von Troeltsch als Datum für meine Antrittsvorlesung. Seitdem verfolge ich den Plan, einen Teil des großen Werkes von Ernst Troeltsch, »Die Soziallehren der christlichen Kirchen und Gruppen« (1911), nach dem heutigen Erkenntnisstand zusammen mit anderen Wissenschaftlern am Lehrstuhl neu zu erarbeiten – freilich nur für den kleinen Zeitraum von der Reformation bis zur Gegenwart. Die Antrittsvorlesung erschien in: Zeitschrift für Evangelische Ethik, 10, 1966, 227–236.

1.

Unsere Ruperto Carola hat innerhalb der letzten zehn Monate Anlaß gehabt, zweier ihrer berühmtesten Gelehrten zu gedenken. Am 21. April 1964 jährte sich der Geburtstag von *Max Weber* zum hundertsten Male, und heute, am 17. Februar, der Geburtstag von *Ernst Troeltsch.* Zwischen diesen beiden Männern herrschte lange Zeit hindurch ein intensiver Austausch. Es war nicht nur das Thema »Religionssoziologie«, an dem beide arbeiteten, sondern es war etwas Elementares, das sie beide gepackt hatte, etwas, das ihnen 1904 auf der gemeinsamen Reise in die USA wohl endgültig klar geworden ist: die Vision der modernen Welt, die sich in ihr Gelehrtendasein hineindrängte. Webers Frau, Marianne, hat über diese Reise berichtet: »Es war den Gefährten so, als würden sie erst *hier* aus träumerischem Halbschlaf wachgerüttelt: Siehe, *so* ist die moderne Wirklichkeit!« – »Freilich, wir kommen noch zu keinerlei Resultat, ob wir dieses Stück Welt, dieses New York, auf dem sich fünf Millionen Menschen zusammenhäufen, großartig und gewaltig oder roh, scheußlich und barbarisch finden sollen.« Weber und Troeltsch waren also in der Betroffenheit von den gigantischen Dimensionen der technisch-industriellen Welt Schicksalsgefährten. Im verträumten Heidelberg bewohnten sie seit 1910 gemeinsam ein idyllisches Haus am Necker, heute das Haus der Studentengemeinde; in ihren *Gedanken* aber waren sie bei jener neuen Welt, deren schicksalhafte Gewalt sie nicht mehr loslassen sollte.

So stark die Gemeinsamkeiten bei diesen Männern waren, so unterschiedlich ist die *Nachwirkung*, die ihnen zuteil wurde. Max Webers 100. Geburtstag war der Anlaß zu einem glanzvollen Kongreß in Heidelberg. Im April 1964 versammelten sich Sozialwissenschaftler und Philosophen, Ökonomen und Politologen, Historiker und Interessierte aus aller Welt, um zu dokumentieren, was sie Max Weber verdanken, und vor allem: zum Streit um das Erbe dieses Mannes.

Heute, am 100. Geburtstag von Ernst Troeltsch? ... kein Kongreß, keine Dankbarkeitserklärungen, keine Erbschaftsstreitigkeiten! Die wissenschaftliche Öffentlichkeit scheint Troeltsch aus der großen Diskussion gezogen zu haben. Und während die Sozialwissenschaften Max Weber als ihren Ahnherrn ehren, zeigt das Verhalten der Theologen zu Troeltsch einen Abbruch der Tradition. Wie ist dieses unterschiedliche Verhalten zu verstehen?

Max Weber hat sich seit etwa 1902 mit dem Problem beschäftigt, wie sich wissenschaftliche Objektivität zu weltanschaulichen Werturteilen verhält. Er hat eine Diskussion entfacht, die bis zum heutigen Tage nicht verlöscht ist. Weber postuliert eine *radikale* Trennung: Wissenschaftliches Erkennen und Entscheidungen in der Sphäre der Werte dürfen nicht miteinander verbunden werden. Sonst geraten wir in den Gefahrenbereich der Kathederprophetie. Sonst sucht der Student im Hörsaal persönliche Führer, nicht aber Hochschullehrer, für die intellektuelle Redlichkeit die einzige und höchste Norm ist. Einzig die *rationale Wahrheitsfindung* gehört also in den Hörsaal; persönliche Wertfindung hat ihren berechtigten Ort nur außerhalb der Stätten der Wissenschaft!

Solange uns akademische Luft umweht, empfinden wir für dieses Postulat von Max Weber Sympathie. Wollen wir aber den tiefsten Unterschied zwischen Weber und Troeltsch verstehen, dann müssen wir uns einige Konsequenzen dieser Wertlehre verdeutlichen. Weber hat sie nirgendwo dramatischer und persönlicher dargelegt als in zwei berühmten Vorträgen von 1919: »Wissenschaft als Beruf« und »Politik als Beruf«. Es sind Vorträge vor einer Studentengeneration, die eben aus dem Krieg heimgekehrt ist und in den Wirren der Revolution einen neuen Anfang sucht.

Max Weber verbannt, wie ich schon sagte, alle Wertentscheidungen aus dem rationalen Wissenschaftsvollzug in die Irrationalität. Das bedeutet: Zwischen verschiedenen Wertpositionen kann es kein wissenschaftlich begründetes, »vernünftiges« Gespräch geben; das Fragen nach gemeinsamer überlegener Wahrheit ist sinnlos, denn es gibt keine gemeinsame Wahrheit. Weber fordert: Jeder muß selbst seiner Welt den Sinn setzen, jeder muß für sich selbst den Dämon seines Lebens finden. Weber vertritt also ein Wirklichkeitsverständnis, das den Pluralismus unversöhnlicher Wertpositionen zur Grundlage hat. Die Konsequenzen dieses Ansatzes erstrecken sich auf Wissenschaft wie auf Politik. In seinem Vortrag »Wissenschaft als Beruf« geht Weber zum Beispiel auf den Gegensatz Frankreich–Deutschland ein. Seine Meinung ist: Die tragenden Werte der französischen Kultur und der deutschen Kultur stehen ewig schicksalhaft gegeneinander. Ich zitiere: »Hier streiten eben auch verschiedene Götter miteinander, und zwar *für alle Zeit.*« *Über* diesen Göttern und *in* ihrem Kampf waltet nur das Schicksal, aber gewiß keine Wissenschaft! Und an anderer Stelle: Eine Weltepoche hindurch hat das großartige Pathos der christlichen Ethik uns die Augen geblendet für diese schicksalhaften Gegensätze. Die alten, sich bekämpfenden Götter sind entzaubert und unter die Erde verbannt worden. *Jetzt* aber entsteigen sie wieder ihren Gräbern, streben nach Gewalt über unser Leben, sie beginnen untereinander wieder ihren ewigen Kampf.

Was Weber hier vor Augen hat, das ist der Beginn einer *nach-christlichen Weltepoche.* Die nationalen Staats- und Kulturideen dämonisieren sich und entfesseln wieder ihren Kampf aller gegen alle. Freilich haben auch diese Götter in der Moderne ihre Gestalt verwandelt; sie sind zu unpersönlichen Werten und Mächten geworden. Aber auch so wollen sie herrschen. Uns bleibt nur die Wahl, dem einen *oder* dem anderen Dämon zu folgen und an ihn unser Leben zu binden. Das ist *unser* Schicksal im Kampf der Nationen, im Kampf der Werte gegeneinander.

Max Weber hat also den Vollzug der Wissenschaft von allen erkennbaren Wertelementen reinigen wollen; er hat die Idee absolut formalisierter Wissenschaft konzipiert; und das trägt seinen Ruhm in alle Welt und sichert seinem Denken die Resonanz bis in die Gegenwart.

Der Preis, den er für diese Wissenschaftsidee zahlt, ist die Losreißung aller *Wertentscheidungen* von der Kontrolle der Vernunft. Zwischen Wertentscheidungen zu vermitteln gilt Weber als sinnlos. Der Wertpluralismus ist absolut, ist unversöhnbar. Die irrationale Grundentscheidung des einzelnen wird so zur allerletzten Instanz. In der Wertsphäre herrscht bei Weber der Dezisionismus. Das ist der andere Teil seines Erbes. Dieser Teil hat *nicht* den Weg um die Welt gemacht; aber er hat auf die deutsche Jugend zwischen den Kriegen gewirkt, auf eine Jugend, die sich bald nur allzu bereit zeigte, ihre schicksalhaften Wertentscheidungen der Kontrolle der Vernunft zu entziehen.

Ernst *Troeltschs* Gedanken gehen in eine entgegengesetzte Richtung. Konsequent lehnt er die Verabsolutierung der Wertpositionen ab. Im Kriege, als die Deutschtumsmetaphysik auch in der Philosophie und Theologie verwirrende Blüten treibt, bleibt Troeltsch äußerst nüchtern. Er sieht, wie – auf beiden Seiten – im Rausch des Kampfes nicht nur die Törichten, sondern auch feine, liebenswürdige Denker und Gelehrte ihre Fassung verloren haben und zu besinnungslosen Kulturideologen und Propagandisten geworden sind. Troeltsch wagt es, diese ideologischen Auseinandersetzungen als einen maßlos karikierenden Geisterkampf zu entlarven. Er stellt den dämonisierten Nationalismen die *Gemeinsamkeiten* der europäischen Welt entgegen; er kämpft nach dem Kriege mit aller Kraft gegen den ressentimentgeladenen Rückzug des Bildungsbürgertums, auch des christlichen Bürgertums, aus der Verantwortung für die Demokratie der Weimarer Republik. Das heroische, das tragisch-gekränkte Pathos seiner Zeitgenossen gilt ihm als Übertreibung. In den politischen Entscheidungen will er materiale Normen und nicht irrational-dämonische Wertdezisionen realisieren. Seine Losung ist: verantwortlicher Kompromiß, Aushalten der Spannungen, Synthese zwischen Geschichte und Gegenwart, Kultursynthese auf dem Boden des Europäismus!

Aber wer wollte damals eine solche Stimme der vermittelnden Vernunft hören? Die Geister wurden beherrscht von weltanschaulichen Parolen! Untergang des Abendlandes auf der einen, tragisch-heroischer Nationalismus auf der anderen Seite! Und in der Theologie war die »totale Krisis« das Gebot der Stunde! Man wählt das prophetische Pathos der »religiösen

Entscheidung« und vollzieht eine vernichtende Abrechnung mit dem Kulturprotestantismus. Ernst Troeltschs Zeit ist vorüber, fast ehe sie begonnen hat: er stirbt frühzeitig und rechtzeitig am 1. Februar 1923.

2.

E. Troeltsch war also *Neuprotestant* oder *Kulturprotestant* letzter Generation. Ihm ging es, wie schon Herder und Schleiermacher, darum, die Kulturwerte mit dem christlichen Glauben zu vermitteln. Die theologische Erneuerung der zwanziger Jahre aber zertrümmerte diesen Kulturprotestantismus gründlich – und mit ihm auch das Werk von Troeltsch; man wollte nicht an die neuprotestantische Theologie anknüpfen, sondern meinte, sie – und mit ihr auch Troeltsch – von Grund auf überwunden zu haben. Aber – hat die Erneuerung erreicht, was sie proklamierte? Wie wäre es, wenn sich heute die Erneuerung selbst nur als eine vorübergehende Epoche herausstellte? Als eine Epoche gar, die eben jetzt im Begriff ist, zu Ende zu gehen? Wie wäre es, wenn sich unter uns heute eine Loslösung von dieser Epoche vollzöge oder gar vollzogen hätte? Wie also, wenn die *Kerygmatheologie*, wie ich ganz summarisch diese erneuerte Theologie nennen möchte, jetzt selbst an ihr Ende geraten wäre und wenn man allerorten anfinge, sich wieder nach dem Neuprotestantismus umzusehen? Wenn also die Jüngeren sich heute abermals von den Vätern abwendeten und die vergessene Welt und Wahrheit der Großväter neu entdeckten?

Sind diese Fragen bloße Phantasiegespinste? Nun, mich stimmt hier vieles nachdenklich! Indessen kann ich jetzt nur weniges anführen. Wie kommt es zum Beispiel, daß *Ernst Fuchs* in seinen Aufsätzen zum historischen Jesus so entschieden an Albrecht Ritschl anknüpft und so emphatisch ausruft: Man soll endlich mit der Verlästerung des Kulturprotestanten Ritschl aufhören, denn in ihm lästert die heutige kritische Theologie gewissermaßen ihren Großvater! Es stimmt mich nachdenklich, daß *Gerhard Ebeling* in seinem Verständnis von Glaube und Gewissen niemandem näherzustehen scheint als *W. Herrmann*; daß Ebelings Christologie des historischen Jesus in der Tat nichts anderes tut, als die christologische Grundposition von Ritschl zu erneuern. Und es mag einige Jahrzehnte so ausgesehen haben, als bedeutete die existentiale Interpretation des Neuen Testaments einen Bruch gegenüber dem Neuprotestantismus. Indessen läßt sich sehr genau zeigen, daß sie – in einer reflektierteren Terminologie – die Intentionen aufnimmt, die auch schon bei Ritschl und Herrmann vorliegen. Intentionen, die dort als »ethisches« und »praktisches« Verständnis des Christentums bezeichnet werden. Will man also etwa Bultmanns Abwendung von Neuprotestantismus verstehen, so darf man nicht auf die existentiale Interpretation verweisen, sondern muß sich an seinen Kerygmabegriff halten. Gerade darum aber ist es höchst aufschlußreich, daß Ebeling in seinem Buch »Theologie und Verkündigung« 1962 nichts anderes als Bultmanns Kerygmabegriff angreift. Ebeling sucht die Mitte seiner eigenen Theologie nicht mehr beim nachösterlichen Kerygma. Er findet sie beim historischen Jesus und seinem Glauben. Wo das geschieht, da ist allerdings die Epoche der Kerygmatheologie abgeschlossen, da ist bereits der Rückgriff auf den Neuprotestantismus vollzogen, unbeschadet dessen, daß sich in diesen Rückgriff manche neue Elemente einflechten lassen.

Das Merkwürdigste aber ist, daß die Konsequenz solcher Rückgriffe auf den Neuprotestantismus dem heutigen theologischen Allgemein-Bewußtsein noch verschleiert zu sein scheint. Die Ächtung der neuprotestantischen Epoche, die seit den zwanziger Jahren erfolgte, hat ihre Grundpositionen offenbar dem Vergessen ausgeliefert. Jetzt aber scheint an vielen Stellen spontan die Erinnerung zu erwachen und das theologische Bewußtsein zu bestimmen. Das bedeutet aber: Heute geht es erneut um eine Entscheidung, und zwar um unsere Entscheidung. Was wollen wir selbst? Neuprotestantismus oder Kerygmatheologie? Wollen wir eine Vermittlung zwischen beiden oder ein Neues, das über beide hinausführt? Wenn es so steht, dann gewinnt Ernst Troeltsch für uns freilich aktuelle Bedeutung. Denn an seinem Werk können wir begreifen, was Neu- und Kulturprotestantismus in letzter Konsequenz war.

3.

Troeltsch hat uns ein umfangreiches und äußerst vielseitiges Werk hinterlassen. Er war der erste, der die Geschichte des Christentums konsequent mit soziologischen Kategorien durchforschte. Berühmt sind auch seine Studien über den Historismus geworden. Doch lassen wir jetzt alles einzelne beiseite! Es gilt, den eigentlichen Kern von Troeltschs Lebenswerk zu erfassen. Und der liegt zweifellos in der ständig wiederholten

Frage, ob und wie protestantisches Christentum und *moderne Welt* überhaupt miteinander und nebeneinander existieren können.

Albrecht Ritschl hatte dieses Problem sehr einfach gelöst: er verstand die moderne Welt als direkte Folge der Reformation. Für Ritschl beginnt die Neuzeit mit Luther. Nein, sagt Troeltsch, die moderne Welt beginnt sehr viel später. Sie bahnt sich dort an, wo der Mensch merkt, daß die Grundlagen seines Lebens nicht schöpfungshaft oder naturhaft vorgegeben sind, sondern vom Menschen selbst gestaltet und verantwortet werden müssen. In dieser Perspektive hat die Reformation den Menschen und die Welt noch nicht gesehen. Sie rechnet noch darauf, daß die wesentlichen Ordnungen und die großen Institutionen mit der Schöpfung anfänglich gegeben sind und die selbstverständliche Einordnung des Menschen fordern. Das bedeutet aber: Das, *was* der Mensch tun soll, das Sittliche also, die Ethik, versteht sich im Grundriß immer schon von selbst. Das Sittliche ist in den schöpfungshaften Ordnungen mitgesetzt und hat an ihnen den sichersten materialen Anhalt, unbeschadet der Korrekturen, die um der Sünde des Menschen willen nötig werden. So sagt Melanchthon in der Apologie der Augsburger Konfession, Art. XVI etwa: Das Evangelium will, daß wir dem politischen Regiment und den Ordnungen unterworfen sein sollen, wie dem Ablauf der Natur, als Gottes Ordnung! Politische Ordnungen sind für Melanchthon also wie Naturordnungen aus Gottes Schöpfung zu akzeptieren. Mit ihnen liegt fest, *was der Mensch* tun kann und soll. Die Auffassung von der Welt als gleichbleibendem Kosmos hat sich in der Antike herausgebildet und ist auch durch das Christentum nicht entscheidend verändert worden. Die Kirche konnte vielmehr, wie Troeltsch zeigt, in ihrem Schöpfungsverständnis die antiken Natur-Rechtsideen sich assimilieren und sie als Grundriß kirchlicher Soziallehre und christlichen Naturrechts verwenden, und zwar bis in die Sozialethik des Luthertums und des Calvinismus hinein.

Die große Krise dieser christlichen Ethik bricht an, als der neuzeitliche Mensch theoretisch und praktisch erkennt, daß seine Welt keineswegs durch Naturformen fest geordnet ist. Der moderne Mensch hat bemerkt, daß er nicht in funktionaler Abhängigkeit von einer Naturwelt lebt, sondern in einer unendlich plastischen Kulturwelt, das heißt in einer Welt, in der vieles vom Menschen selbst gestaltet und verantwortet werden muß. Das Tier lebt triebhaft und instinkthaft in fest geregelter Umwelt, der Mensch muß seine Kulturinstitutionen selbst finden, gewissermaßen oberhalb der Natur. Eine Ethik, die der vom Menschen zu gestaltenden

Welt entspricht, kann sich also nicht von selbst verstehen. Sie muß immer erst vom Menschen neu gefunden werden. Was der Mensch gefunden hat, lebt in seinen Traditionen weiter. Die Traditionen der Menschen aber tragen von sich aus nicht mehr weiter, wenn es, wie in der modernen Lage, um grundlegend neue soziale und technische Konstellationen zwischen Mensch und Welt geht. »Die moderne Welt« – so sagt Troeltsch – »bedeutet einen neuen Typus des sittlichen Lebens, der so noch nicht da war.« Kurzum, es gibt die moderne Welt erst, seitdem die umfassende Gestaltbarkeit des menschlichen Zusammenlebens entdeckt worden ist, und das heißt nicht seit der Reformation, sondern seit der Aufklärung. Und diese veränderte Welt erfordert eine neue Ethik.

Hier entspringt der tiefe Konflikt zwischen Christentum und Moderne. Seitdem die von Menschen gefundene ökonomische, rechtliche, politische und gesellschaftliche Ordnung den Menschen selbst in die Rolle des Herrn über die Welt hinein nötigt, erhebt sich die Frage, ob er denn zu dieser Aufgabe auch befähigt ist. Gerade das wird durch wesentliche Elemente der christlichen Botschaft in Frage gestellt. Sie entlarvt das Herrschen des Menschen als eine maßlose Selbstherrlichkeit, die sich von Urzeiten her gegen das Herr-Sein Gottes gestellt hat. Sie spricht von der Sünde als der Empörung des Menschen gegen Gott. Sie nötigt zu der Frage, ob dieser gottwidrige Mensch nicht mit Sicherheit die von ihm selbst zu gestaltende Welt ins Chaos hineinreißen wird.

Gegen diese traditionale Auslegung der christlichen Botschaft wendet sich der Kulturprotestantismus, wendet sich vor allem Ernst Troeltsch. Der moderne Mensch kann sich ja nicht weigern, die Verantwortung für die Kultur, in der er lebt und von der er lebt, zu übernehmen. Es ist eine bloße Illusion, wenn man glaubt, die alten Ordnungen und das alte Verhältnis zu den Ordnungen wiederherstellen zu können. Der Mensch ist gezwungen, wenn er überleben will, die neuen Möglichkeiten der Zukunft zu ergreifen, ganz gleich, ob er es in prometheischem Übermut oder unter Furcht und Zittern tut. Was aber sagt ihm hier die christliche Botschaft? Das ist Troeltschs große Frage, die er in die Formulierung kleidet: Was trägt die religiöse Idee des Christentums für die Gestaltung der modernen Welt bei? Gibt es hier einen spezifischen, unentbehrlichen Beitrag des Christentums?

Troeltschs eigene Antwort auf diese Frage ist ambivalent. Denn einerseits enthält für ihn der eigentliche Kern des Christentums, nämlich die innere Gemeinschaft des Menschen mit Gott, keine direkten Anhaltspunkte für die Aufgaben einer Weltgestaltung. Und doch gibt es wesentliche indirekte Anstöße. Denn die religiöse Idee hat den Drang, aus der Innerlichkeit hervorzutreten, und indem sie das tut, bildet sie die Begleitgedanken aus, an denen der Christ in der Praxis sich orientieren soll.

Troeltsch nennt für die politische Ethik zwei solche Begleitgedanken. Einmal: die Einsicht in den unaufgebbaren Wert der Persönlichkeit jedes einzelnen Menschen! Wenn Gott dem Menschen Liebe erweist, so hat der Mensch einen unverlierbaren Wert. Zum anderen die Einsicht, daß die durch die Gemeinschaft mit Gott ausgezeichnete Persönlichkeit verpflichtet ist, sich in die Gegebenheiten dieser Welt einzufügen; denn wenn Gott in verborgener Weise dem Weltlauf innewohnt, dann kann der Mensch nicht sich selbst zum Diktator machen, dann kann er nicht nach Belieben der Welt ihren Sinn und ihren Wert vorschreiben wollen.

Sind diese Gedanken blasse Abstraktionen? Nun, wir brauchen uns nur an das zu erinnern, was zwischen Weber und Troeltsch in der Wertfrage auf dem Spiel stand, um ihre Bedeutung zu ermessen. Max Weber gesteht den vom Menschen nach eigener Wahl gesetzten Werten eine letzte Geltung zu, die aller Vernunftkontrolle entzogen ist. Troeltsch aber setzt auch den höchsten innerweltlichen Ideen eine Grenze; die religiöse Idee begrenzt und reguliert die materialiter vorgegebenen Ideen. So beseitigt das Christentum z. B. nicht die Nationalidee, aber es unterbindet ihre Verabsolutierung und erweist sich gerade darin als Garant für Sittlichkeit und Kultur.

Troeltsch lebt in der Hoffnung, daß eine in christlicher Tradition stehende Geistigkeit und Sittlichkeit imstande sein werde, die vernunftlosen Kräfte zu bändigen. Diese Hoffnung aber ermattete angesichts des Krieges und seiner Folgen, wie der letzte Vortrag von 1922 zeigt. Troeltsch sagt jetzt: »Von einer christlichen Sozialethik ist heute unmittelbar nicht viel zu erwarten; denn das ganze religiöse Leben ist in sich selbst in schwerer Krisis. Wie sollte man von einer in sich so geschwächten Religion noch Kräfte der Heilung erwarten können?« Was bleibt? Troeltsch meint, man müsse die großen politisch-gesellschaftlich-ökonomischen Probleme der Sachkunde den Experten überlassen und sich mit einer rein soziologischen Einstellung zu ihnen abfinden.

Das ist für Troeltsch ein verzweifelter Schluß; er weiß selbst nur allzugut, daß die Experten überfordert sind, wenn ihre Arbeit nicht Rückhalt hat an den gemeinsamen Überzeugungen der Gesellschaft. Aber

Troeltsch zweifelt jetzt, ob der in der Geschichte selbst wirkende Geist die Kraft hat, eine neue Epoche hervorzubringen; das heißt aber: Troeltsch muß sich gestehen, daß ihm seine idealistisch-geschichtspantheistische Basis zerbröckelt ist. Troeltschs Theologie vermochte nicht die Desillusionierung des Kulturidealismus zu überstehen.

4.

Die Kerygmatheologie bekämpfte vor allem Troeltschs *Theologie*; denn in ihr schien Gott ja geradezu identisch zu sein mit den Tiefenströmungen der Geschichte. »Jede Gegenwart ist erfüllt von der unmittelbaren Nähe Gottes«, konnte Troeltsch sagen. Nun ist es freilich die Überzeugung aller Christen, daß Gott uns nahe ist. Aber: *Wie* ist Gott unserer Gegenwart präsent? Darum geht es! Und hier gibt Troeltsch zunächst die gemeinsame neuprotestantische Antwort: Gott ist präsent in der *religiös-sittlichen Selbsterfahrung* der Person. Der Mensch muß an seiner eigenen inspirierten Bewährung die Nähe Gottes spüren und von daher die Welt auf das letzte Ziel des Reiches Gottes hin verwandeln.

Diese Überzeugung, daß man Gottes Gegenwart an der eigenen inspirierten Welterfahrung und sittlichen Weltgestaltung erlebe, verlor ihre Tragkraft, als der Krieg die sittlichen Bindungen der Völker zerstörte. Jedermann wußte: Wir sind mit allem technischen Fortschritt dem Reich Gottes um keinen Schritt näher gekommen! In diesem grauenvollen Weltlauf kann Gott uns doch nicht unmittelbar nahe sein. Denn: Wie kann der nahe Gott dieses Sinnlose zulassen?

Auf diese Frage gibt es von Troeltschs Geschichtspantheismus her keine Antwort. Es kann sie ja auch nur geben, wenn Gott mit der Tiefenströmung der Geschichte nicht eins ist, sondern ihr gegenübersteht – und zwar nicht bloß als der »liebe Gott« des Neuprotestantismus, sondern als der Richter der Menschen. Ist Gott aber der richtende Herr dieser Welt, der sich nicht mit den Strömungen der Geschichte identifizieren läßt, dann vermag der Glaubende auch noch die vom Menschen selbst angerichteten Katastrophen dieser Welt als das Gericht Gottes über die Verkehrtheit des Menschen anzunehmen, ohne der Hoffnungslosigkeit zu verfallen.

An dieser Frage fällt die Entscheidung gegenüber dem früheren und dem heute wieder aufkommenden Neu-Protestantismus. Für den Neuprotestanten ist der Glaube an die Nähe Gottes letztlich davon abhängig, daß

Gott immanent, und das heißt im menschlichen Dasein adäquat erfahren wird. Gott muß in der Geschichte sein, nicht jenseits. Gottes Gegenwart muß in meinem Sein-für-den-anderen sich erweisen, nicht jenseits davon. Gott muß der Grund und das Woher meiner Existenz sein usw. Voraussetzung ist immer, daß im geschichtlichen menschlichen Dasein die Fähigkeit mitgegeben ist, auf die unmittelbare Nähe Gottes adäquat zu reagieren; nur wenn ich in meiner Existenz oder in meiner sittlichen Weltgestaltung sachgemäß auf Gottes Nähe reagiere, kann ich Gott erfahren. Gerade diese Voraussetzung aber zerbrach für Troeltsch. Damit aber zerbröckelte auch die Existenz *des* Gottes, der unserer Geschichte und unserem Dasein immanent ist. Die Kerygmatheologie begann neu von Gott zu reden, als dem Gott, der sich nicht mit uns identifiziert, sondern im Gericht uns gegenübertritt und nur so, nur paradox, in Gnade uns begegnet. Die illusionslos-realistische und doch nicht defätistische Erkenntnis unserer Welt und unserer selbst hängt dann also davon ab, daß wir Gottes Wort als ein unserem Sein prinzipiell überlegenes Wort hören.

Dieser theologische Weg war Troeltsch durch seine neuprotestantischen Voraussetzungen und besonders durch seine Christologie verschlossen; dennoch drängt vieles bei ihm in diese Richtung. Denn indem er, von optimistisch-kulturprotestantischen Voraussetzungen herkommend, wie kein anderer Theologie sich der schonungslosen soziologischen Analyse der kapitalistisch-industriellen Gesellschaft stellte und zugleich die Verantwortung des Christentums für die säkularisierte Welt festhielt, indem er den so entstehenden Aporien standhielt, hatte er die Krise, die als politisch-gesellschaftliche Katastrophe hereinbrach, denkend schon vorweg eingeleitet.

Die Kerygmatheologie hat das Krisenbewußtsein aufgenommen und den in der Krise sich dokumentierenden Zusammenbruch neuprotestantischer Theologie verstanden. Sie wandte sich ab von der sittlich-optimistischen Orientierung am historischen Jesus und suchte den Grund aller Theologie bei der apostologischen Botschaft von Kreuz und Auferstehung als dem eschatologischen, Mensch und Welt übersteigenden Geschehnis. Dieser Schritt über Troeltsch hinaus war notwendig. Auf der anderen Seite aber war die erneuerte Theologie außerstande, Troeltschs Verantwortungsbewußtsein für die säkularisierte moderne Welt wissenschaftlich aufzunehmen. Fast alles, was als theologische Sozialethik seitdem vorgelegt wurde, bleibt weit unter dem Niveau von Troeltschs Erkenntnissen. Die Konfrontation mit Troeltsch macht uns also sowohl die Insuffienz des

Neuprotestantismus wie auch die Grenzen der Kerygmatheologie schmerzhaft deutlich.

Wie entscheiden wir nun uns selbst in der für uns erneut anstehenden Wahl zwischen Kulturprotestantismus und Kerygmatheologie? Die eine Möglichkeit zur Fehlentscheidung wird uns heute demonstriert in vielen recht unreflektierten Rückgriffen auf den Kulturprotestantismus, sei es in der Ausprägung von W. Herrmann oder in der Ausprägung von Ernst Troeltsch. Demgegenüber sollte schon unser historisches Bewußtsein uns kräftig genug an die unlösbaren Aporien erinnern, die diese Epoche mit zwingender Konsequenz an ihr Ende geführt haben.

Die andere Möglichkeit einer Fehlentscheidung liegt im Verharren bei einer Kerygmatheologie, die sich so formiert hat, daß sie die Probleme einer gegenwärtigen Weltverantwortung vielleicht proklamatorisch zu bezeichnen, nicht aber theologisch denkend zu durchdringen vermag.

Der Grund der Verantwortung für die gegenwärtige Welt besteht nach Troeltsch darin, daß der moderne Mensch seine Welt in die Zukunft hinein verwandeln *muß*. Solange der Fortschrittsoptimismus den modernen Menschen trägt, unternimmt er diese Verwandlung ebenso fröhlich wie letztlich unbedacht. Sobald aber die Krisen sein Vertrauen zerstören, läßt ihn die Angst vor dem Abgleiten in das Chaos nach überkommenen und heute nicht mehr zureichenden Bindungen greifen. Die Theologie aber geht oft genug mit dieser Angst ein Bündnis ein, wenn sie meint, daß die moderne Weltangst die seltsam veränderte Gestalt ist, in der dem gesetzlosen Menschen Gottes Zorn und in ihm also Gottes Gesetz begegnet. Mir scheint indessen, daß die vorwiegende Betonung dieser Einsicht nicht ausreicht, dem auf die Zukunft verwiesenen Menschen die christliche Botschaft sachgemäß auszurichten. Also dem Menschen, der dazu neigt, entweder selbstherrlich die Zukunft zu usurpieren oder sich angstvoll vor ihr zu verschließen. Ihm muß zugleich mit der Botschaft von der endzeitlichen und letztgültigen Erlösungstat Gottes eine im Glauben begründete *Hoffnung für die Welt der vorletzten Dinge* zugesprochen werden, eine Hoffnung, die ihm den Mut gibt, seine Verantwortung für die in die Zukunft hineinstürzende gegenwärtige Welt zu ergreifen, ohne Selbstherrlichkeit und ohne haltlose Resignation. Dazu bedarf es freilich einer theologischen Eschatologie, wie sie sich bei Troeltsch noch nicht abzeichnet.

3.
Schöpferische Nachfolge in der Krise der gegenwärtigen Welt

Der folgende Text wurde als theologischer Hauptvortrag am 15. Juli 1970 bei der Fünften Vollversammlung des Lutherischen Weltbundes in Evian, Frankreich, vorgetragen. Ursprünglich sollte Porto Alegre der Tagungsort sein. Eine beunruhigende Häufung von Nachrichten über planmäßige Folterungsaktionen in Brasilien setzte einen Meinungsbildungsprozeß innerhalb der Konfessionsfamilie in Gang, der dann kurzfristig zur Verlegung der Versammlung an den Genfer See führte. Der vorangehenden Vollversammlung 1963 in Helsinki war es nicht gelungen, hinsichtlich des Verständnisses der reformatorischen Rechtfertigungslehre in unserer Zeit eine Übereinstimmung zu erreichen. Mein Vortrag versuchte, die auf Grund bibelexegetischer und dogmatischer Forschungen (zum Beispiel von Ernst Käsemann und Gerhard Gloege) neu verstandene Rechtfertigungslehre im Horizont des Menschheitsgeschehens auszulegen. Wie wird die Welt durch Christus in Anspruch genommen? Diese Dimension des Gerechtigkeitshandelns Gottes wird nur erreicht, wenn neben die Frage »Wie kriege ich einen gnädigen Gott?« die fundamentalere tritt: »Wie kommt Gott zu seiner Schöpfung, zur Welt als seinem Eigentum?« In diesem Horizont läßt sich die Analyse von Grundzügen der gegenwärtigen Menschheitskrise mit Kriterien heutiger theologischer Orientierung verbinden. Angesichts der weltweiten Häufung von Menschenrechtsverletzungen arbeitete die Schlußfolgerung des Vortrages das theologische Verständnis der Menschenwürde heraus. Die Menschenrechtsresolution von Evian 1970 hat dieses Thema aufgenommen und dem Lutherischen Weltbund wie seinen Mitgliedskirchen damit bedeutungsvolle Impulse für die Arbeit der nächsten sieben Jahre gegeben. In der Vollversammlung von Dar es Salaam 1977 schlugen sich die gewonnenen Erfahrungen in einer neuen Menschenrechtserklärung nieder. Der Vortrag wurde in vielen Sprachen veröffentlicht. Wir folgen dem Abdruck in der Lutherischen Rundschau, 20, 1970, 418–432.

1. Menschheitsgeschichte als theologische Dimension der Rechtfertigungsbotschaft

Die moderne Welt ist ihrer Grundstruktur nach eine Welt der Krisen; sie hat keinen festen, in sich gesicherten Bestand. Ihre Zivilisation bedarf der sorgfältigen Regulierung, Planung und Weiterentwicklung durch Menschen. Sobald das nicht gelingt, sobald Mittel fehlgeleitet werden, sobald Kriege und soziale Ungerechtigkeit stören und die Entwicklung blockieren, wächst das Bewußtsein der Gefahr. Das geschieht heute, indem eine neue Welle des Krisenbewußtseins sich verbreitet.

Niemand, der sich für die Zukunft der Menschheit mitverantwortlich fühlt, kann sich dem Krisenbewußtsein entziehen. Es ist nicht ein Zeichen der Schwäche, sondern der Wachheit, wenn die Christenheit beunruhigt ist und fragt, was sie der Menschheit in dieser Situation schuldet. An der Antwort auf diese Frage allerdings scheiden sich die Geister. In der Christenheit aller Kontinente streiten heute offenbar zwei Orientierungstendenzen miteinander, und in scharfer Polarisierung sprechen sie sich oft gegenseitig die Existenzberechtigung ab.

Auf der einen Seite fordert man, die Christenheit solle eine radikale Konversion zur Welt vollziehen und alle ihre Kräfte in Aktionen zur Weltveränderung hineinziehen. Man postuliert, die Kirchen sollten in revolutionäre Aktion übergehen, um sich endlich in die Gesellschaften hinein aufzulösen. Nicht Selbsterhaltung, sondern nur die totale Selbsthingabe werde der Sendung der Kirche gerecht, könne der wahren Gerechtigkeit des Reiches Gottes Raum schaffen.

Die Gegenseite sagt: Auch wenn es den Kirchen als Minderheiten tatsächlich gelingen sollte, die Lebensverhältnisse um den Preis ihrer Selbsthingabe zu humanisieren, würden sie dennoch ihrer Sendung nicht gerecht; denn der Auftrag, der aus Christi Sendung hervorgeht, überschreitet zu allen Zeiten das, was durch Menschen verwirklicht werden kann. Kirche muß daher, bei aller Solidarität, der Welt kritisch gegenüberstehen – sonst wird sie unvermeidlich ein angepaßtes Stück dieser Welt; sonst kann sie nicht Salz der Erde sein und eine Hoffnung vermitteln, welche alles in der Welt Erreichte transzendiert; nur im Hinausgreifen über alles Diesseitige wird sie die Frage nach der wahren Menschlichkeit des Menschen wachhalten können.

Nun wird diese Polarisierung wohl von den meisten unter uns als eine falsche Alternative empfunden. Die Modernität macht Fortschritt und

Veränderung zum obersten Gesetz. Tradition dagegen will die Eigenheit, Identität und Integrität der Kirchen gewährleisten. Wenn beides nicht in einen falschen Gegensatz zueinander geraten soll, müssen wir zeigen, wie in kritisch und aktuell angeeigneter Tradition Antworten auf die Fragen von morgen und übermorgen liegen. Diese Aufgabe hat sich schon in der letzten Vollversammlung in Helsinki 1963 aufgedrängt. Das Grußwort der Vollversammlung erklärt[1]: Die Ausgangsfrage der Reformation Luthers, nämlich die Frage: Wie kriege ich einen gnädigen Gott?, ist nicht mehr die Frage des Menschen von heute. Der Mensch in der modernen Welt fragt radikaler, elementarer; denn seine Lebenssituation ist anders. Er leidet nicht mehr unter seiner Sünde, sondern unter der Sinnlosigkeit des Daseins; deshalb fragt er, ob Gott denn überhaupt wirklich sei. Den Menschen auf Luthers Ausgangsfrage zu verweisen würde dann heißen: ihm heute eine fremde Last aufzubürden, ihn unter ein Gesetz zu stellen, an dem er zerbrechen müßte. Welche Konsequenzen sind nun aus dieser Einsicht von Helsinki für Wort und Handeln der reformatorischen Kirchen gezogen worden?

Gerhard Gloege hat 1966 eine ganz entscheidende These formuliert[2]. Er zeigt, daß Luther diese Frage: Wie kriege ich einen gnädigen Gott? als eine krumme, falsche, abgründige Frage erkannt hat, weil er von Gott auf diese Frage in seinem Leben eine vernichtende Antwort bekommen hat; denn diese Frage ist anthropozentrisch und weist Gott eine falsche Rolle zu. Wir denken und handeln erst dann theologisch, wenn wir uns an der Frage Gottes orientieren, und Gottes Frage lautet: Wie kriege ich meine Kreatur wieder? Fundamental ist also nur der Gesichtspunkt: Wie kommt Gott zu seiner Welt, zu seiner Schöpfung, zu seinem Eigentum? Bonhoeffer sagt es in seinen Gefangenschaftsbriefen so[3]: Wie wird die mündig gewordene Welt durch Jesus Christus in Anspruch genommen? Herrschaft Gottes also, Reich Gottes geschieht, wo der Wille Gottes lebendige Menschen in seinen Dienst stellt und die Welt über das hinausführt, was in ihr selbst vorliegt.

1. Offizieller Bericht der Vierten Vollversammlung des Lutherischen Weltbundes, Helsinki, hg. vom Lutherischen Weltbund, Berlin und Hamburg 1965, S. 466f.

2. *Gerhard Gloege:* Die Grundfrage der Reformation – heute, in: Kerygma und Dogma, 12. Jg., Heft 1, 1966, S. 1–13.

3. *Dietrich Bonhoeffer:* Widerstand und Ergebung. Briefe und Aufzeichnungen aus der Haft, München 1951 u. ö., Neuausgabe 1970.

Theologie muß also von Gottes letztgültigem eschatologischen Willen mit dieser Welt reden. Dieser Wille Gottes ist aber nur in Jesus erkennbar und in den Kräften, die durch Jesus der Menschheit gegeben werden, diesen Willen schöpferisch zu erfüllen. Luthers Ausgangsfrage: Wie kriege ich einen gnädigen Gott? darf also weder für die Theologie noch für die öffentliche Verkündigung als Leitfrage gelten. Sie ist allzusehr die Frage des einsamen Mönches, des in der Tiefe geängsteten Gewissens, dem es um nichts als sein ewiges Heil geht. Unter der Anklage und Heilsangst dieses Gewissens wird der Mensch zum einzelnen; er wird in eine Isolierung getrieben, die ihn von seinen Mitmenschen abzukapseln droht. Auch der Römerbrief, die fundamentale Quelle der Reformation, orientiert sich nicht an der Heilsangst des einzelnen. Er beginnt ja mit der großen Anklage an die Menschheit, welche der Wahrheit Gottes zum Trotz sich in selbstzerstörerischen Widersprüchen verfängt und keine Entschuldigung hat. Vor diesem universalen Hintergrund zeigt er auf, was Rechtfertigung, Vergebung, Glaube und Liebe auch für uns sind. Ich stimme *Gerhard Gloege* zu: Die Rechtfertigung des Evangeliums vollzieht sich als Menschheitsgeschehen, als Weltgeschehen.

Aber dann können wir auch heute die Bedeutung der Versöhnung, auch unserer persönlichen Versöhnung, durch Christus nur begreifen, wenn wir von der eigentlich theologischen Frage ausgehen: Wie wird diese Welt durch Christus in Anspruch genommen? Diese Welt – das bedeutet nicht etwas Abstraktes, Allgemeines, sondern es meint den Menschheitsprozeß in seiner heutigen, ganz konkreten Zuspitzung.

Diese Frage ist nun dem modernen Menschen, dem die individuelle Frage nach Gott entglitten ist, durchaus nicht fremd. Denn der moderne Mensch weiß, daß er zum Subjekt der Menschheitsgeschichte bestimmt ist. Er weiß, daß er für den Ausgang der Weltgeschichte mitverantwortlich ist. Mag er noch so diesseitig denken, mag er sich radikal anthropologisch orientieren, mag die nächstliegende Frage für ihn sein: Wie komme ich mit meinem Dasein und mit meinen Mitmenschen zurecht? – er weiß, daß alle diese Fragen hineingerissen werden in das Weltgeschick. Die Menschheit steht also vor der Frage, ob sie noch fähig ist, eine Zukunft zu haben, oder ob sie im Streit mit sich selbst zugrunde geht an Wasserstoffbomben, biologischen Waffen und chemischen Mitteln. Das wäre allerdings der Absturz in die Sinnlosigkeit, von der sich der moderne Mensch bedroht sieht. Aber es ist klar: Die Potentiale der nihilistischen Selbstzerstörung wachsen, und zwar materiell ebenso wie psychisch.

Im Angesicht dieser Gefahr haben wir das Evangelium zu verkündigen, ein Evangelium, das der Weltangst ein Ende setzt und Zutrauen gibt zu Umkehr und neuem Leben. Christi Sterben für die Menschheit signalisiert, daß ein Ende der Weltgeschichte in einem kollektiven Selbstmord nicht der endgültige Wille Gottes mit seiner Kreatur sein kann. In Christi Versöhnungshandeln tritt neue Freiheit, neue Hoffnung zutage.

2. Grundzüge der gegenwärtigen Menschheitskrise

Wer, inspiriert vom Versöhnungswillen Christi, den konkreten Nöten unserer Zeit begegnet, tritt in die Nachfolge; er versucht ja, Christi Dienst an der Welt in der Gegenwart nachzuvollziehen. Gewiß muß es sich dabei um eine schöpferische Nachfolge handeln; denn die moderne Welt mit ihren Zwängen und Chancen erfordert neue, produktive Antworten. Diese Antworten müssen der heutigen Krise begegnen. Darum ist es nötig, sich deren Grundzüge möglichst konkret zu verdeutlichen. Wir wollen das beispielhaft mit einer kurzen Bilanz der hinter uns liegenden Dekade tun; denn diese Dekade begann mit großen Hoffnungen, und sie endete in weit verbreiteten Enttäuschungen oder gar Depressionen.

Am Anfang proklamierte die UNO eine Dekade der partnerschaftlichen Weltentwicklung und hatte zunächst Erfolg. Es setzte ein großer Prozeß des Umdenkens in der Weltöffentlichkeit ein. Die Überzeugung verbreitete sich, daß die Entwicklung zur universalen Weltgesellschaft nicht bloß ein Wunschziel, sondern die entscheidende Bedingung ist für das Überleben der Menschheit. Gerechtere politische und sozioökonomische Strukturen im internationalen System müssen entwickelt werden, sollen nicht die gestauten Konfliktpotentiale eine Kette von Katastrophen hervorbringen.

Auch die Kirchen taten viel, um diese Einsicht zu verbreiten. Impulse des Zweiten Vatikanischen Konzils aufnehmend, erklärte die Enzyklika »Populorum Progressio«, daß Entwicklung der neue Name für Friede sei. Diese Enzyklika ging scharf ins Gericht mit den Strukturen und Bedingungen des gegenwärtigen Welthandelssystems. Die ökumenische Studienkonferenz für »Kirche und Gesellschaft« in Genf 1966 machte wie keine andere vorher die Nöte und Forderungen der Dritten Welt den Christen in den Industrienationen bewußt und fand ein starkes Echo auf der Weltkirchenkonferenz von Uppsala 1968. Darüber hinaus muß man es wohl doch als ein kirchengeschichtliches Ereignis werten, daß der Ökumenische Rat der Kirchen und eine päpstliche Kommission sich erstmalig zu einer langfristigen gemeinsamen Initiative zusammentaten. Der erste Satz des Berichts von der Beiruter Konferenz 1968 lautet programmatisch: »Die größeren Kirchen der Weltchristenheit nehmen gemeinsam ein Programm zur Unterstützung der weltweiten Zusammenarbeit für Entwicklungsfragen in Angriff.«[4] Dieser Satz ist in doppelter Weise wichtig: Einmal formuliert er den klaren gemeinsamen Willen zum Entwicklungsdienst; zum anderen aber spricht er aus, daß die Kirchen als Teile einer handelnden Weltchristenheit zu begreifen sind, d. h. er macht Ernst mit der Universalität der christlichen Sendung. Inzwischen ist eine ganze Reihe von Kirchen den Empfehlungen von Uppsala praktisch gefolgt und hat begonnen, Teile der kirchlichen Haushalte für Entwicklungsdienst einzusetzen.

Dies alles ist als verheißungsvoller Neuansatz zu werten. Aber es wäre Schönfärberei, wenn man nicht auch die rückläufigen Vorgänge schildern wollte. Die römisch-katholische Kirche steht in einer schweren Krise, deren Ausgang erst darüber entscheiden wird, ob die Öffnung zur Welt, von Johannes XXIII. großherzig gewagt, wirklich gelungen ist. Und auch in den Mitgliedskirchen des Ökumenischen Rates ist ein Rückschlag zu spüren: Enttäuscht über die Ergebnisse der ersten Entwicklungsdekade ziehen sich viele in die lokale und regionale Isolation zurück. Vielfach ist es gerade nicht gelungen, sozusagen an der Basis den Gliedern der lokalen Gemeinden die ökumenischen Aufgaben nahezubringen. Nachdem eine wirkungsvolle Information und tätige Partizipation der Gemeinden in dieser Dekade kaum zustande gekommen ist, wenden viele sich nun wieder praktisch und theologisch vom ökumenischen Auftrag ab.

Das alles geschieht angesichts einer objektiv höchst bedrohlichen Lage. Denn tatsächlich ist das reale Bruttosozialprodukt pro Kopf der Bevölkerung in den Entwicklungsländern während der letzten Dekade keineswegs gewachsen. Gewachsen aber ist der Wille der breiten Massen, an den Gütern der Zivilisation einen Anteil zu erkämpfen. Die sogenannte Revolution der Erwartungen schreitet rapide fort. Doch die objektiven Fortschritte sind, auf den einzelnen Kopf gesehen, weitgehend ausgeblieben.

4. Weltweite Entwicklung. Die Herausforderung an die Kirchen. Offizieller Bericht der Konferenz für weltweite Zusammenarbeit in Entwicklungsfragen, 21.–27. April 1968, Beirut (Libanon), Genf 1968, S. 5.

Schon 1968 lag die drückende Schuldenlast von 47,5 Milliarden US-Dollar auf den Entwicklungsländern, und die Schuldentilgung zehrte an den Mitteln zur Selbsthilfe.

Auch der berühmte *Pearson Report* »Partners in Development« (1969)[5] wagt es nicht, durchgreifende Forderungen an die reichen Industrienationen zu stellen. Er empfiehlt eine Steigerung der öffentlichen Entwicklungshilfe der Industrienationen auf 0,7 Prozent ihres Bruttosozialeinkommens bis 1975 oder gar erst bis 1980. Dabei muß man sagen, daß der Pearson Report nüchtern und realistisch ist. Mehr als 0,7 Prozent ist von den Industrienationen nach den jetzigen Gegebenheiten nicht zu erwarten. Aber noch schlimmer: Der Pearson Report verzichtet von vornherein darauf, die politischen Fragen nach der Änderung ungerechter und entwicklungshemmender sozialer Strukturen in den Industrienationen und Entwicklungsländern zu nennen, obwohl hier ein entscheidendes Problem liegt. Dieser vorzüglich gearbeitete Report macht gerade mit seinem nüchternen Realismus die objektive Unvernunft unserer Verhältnisse deutlich, eine Unvernunft, die der Konferenzbericht von Beirut kurz und treffend charakterisiert, wenn er sagt: »Alle Christen haben eine schwere Verantwortung in einer Welt, in der es als etwas ganz Normales erscheint, 600 Milliarden Mark jährlich für Rüstungszwecke auszugeben, während es schwierig ist, 40 Milliarden Mark für die Aufgaben der wirtschaftlichen und sozialen Zusammenarbeit aufzubringen.«[6]

Die Bilanz dieser letzten Dekade ist also klar: Auf der einen Seite feiert die technologische Vernunft einen triumphalen Erfolg: Es ist dem Menschen gelungen, sich von der Schwerkraft der Erde zu emanzipieren und die ersten Laboratorien wissenschaftlicher Forschung auf einen anderen Himmelskörper zu tragen. Für diesen Akt menschlicher Expansion waren Hunderttausende menschlicher Gehirne und Arbeitskräfte bereit. Die technische Phantasie überwand alle Grenzen, die von der Natur gesetzt schienen. Für diese stolze Demonstration menschlicher Macht und Selbstbestätigung standen alle finanziellen und materiellen Mittel zur Verfügung, ebenso wie sie unter dem Druck der Angst in die riesigen militärischen Apparaturen der Droh- und Abschreckungssyteme investiert wer-

5. Deutsch: *Der Pearson-Bericht.* Bestandsaufnahme und Vorschläge zur Entwicklungspolitik. Bericht der Kommission für Internationale Entwicklung, Wien–München–Zürich 1970.

6. Pearson-Bericht, S. 10.

den. Aber ausreichende Mittel fehlen immer, wenn es gilt, das Antlitz der Erde einigermaßen menschlich zu gestalten, wenn Slums saniert werden müssen, wenn die unterernährten Massen ihren Teil an Nahrung, moderner Erziehung und sozialem Fortschritt fordern, wenn Institutionen und Strukturen geschaffen werden sollen, die den Frieden und eine produktive internationale Entwicklung ermöglichen. In der Prioritätenliste der Nationen stehen technokratische Expansion und militärische Sicherheit an den ersten Plätzen; ganz unten aber rangiert, was der Beseitigung sozialer Ungerechtigkeit, der Schaffung größerer Räume der Freiheit, der Förderung partnerschaftlicher Kommunikation zwischen den Nationen, Kontinenten und Rassen und was einer umfassenden humanen Erziehung dient.

Es ist ganz unwahrscheinlich, daß dieser zutiefst unmenschliche Zustand auf die Dauer toleriert werden wird. Wir spüren in allen Kontinenten, wie sich explosive Potentiale sammeln, um dem Unerträglichen ein Ende zu setzen. Wie aber wird das geschehen? Werden die Potentiale, die jetzt auf Destruktion gerichtet sind, fähig sein, sich in Kräfte der Konstruktion umzuwandeln? Werden die Kräfte wachsen, die um die Dämonie der Gewalt wissen, und auf anderen Wegen eine wirksame Transformation der Gesellschaften und des internationalen Systems erreichen?

An uns als Christen ergeht die Frage: Können wir den zerstörerischen Selbstwiderspruch der Menschheit einfach hinnehmen? Können wir uns mit der theologischen Feststellung begnügen, dieser Widerspruch sei eben Ausdruck menschlicher Sünde und daher in seinen bösen Folgen nicht zu beseitigen? Können wir unsere Regierungen und politischen Autoritäten anerkennen, können wir ihrer Macht Legitimität zuerkennen, wenn wir erkennen müssen, daß – trotz vielfältigen guten Willens – das objektiv Notwendige und Humane nicht getan wird oder nicht getan werden kann? Können wir die Eigengesetzlichkeit eines Weltprozesses akzeptieren, dessen Gefälle sich sichtbar lebensvernichtenden Katastrophen zuneigt und es fraglich macht, ob menschlicher Zivilisation noch eine Zukunft beschieden ist?

3. Kriterien unserer Orientierung

1. Die Orientierung der weltverändernden Vernunft

Die Christenheit ist eine Minderheit in der Weltbevölkerung; aber sie ist stark vertreten in den Nationen, die über Wissenschaft und Technik verfügen. Christlicher Glaube ist in der säkularisierten Welt, auch in Europa, Minderheitenüberzeugung. Will er öffentlich wirksam werden, so muß er mit seiner Wahrheit die humane Vernunft treffen. Er ist der Welt das kritische Zeugnis schuldig, daß die weltgestaltende Vernunft sich in die Machtprioritäten dieser Welt verfangen hat und sich nicht nach der Liebe als oberstem humanen Kriterium richtet. Die Gefangenschaft der wissenschaftlichen Vernunft in falsche Prioritäten produziert die tiefste Krise der mündigen Welt.

Dürfen wir unser Augenmerk aber so vordringlich und so einseitig auf die wissenschaftliche Vernunft richten? Für christliche Gemeinden liegt sie oft außerhalb des Gesichtsfeldes. Hier meint man eher, daß spontanes Handeln, pragmatischer Verstand und ein offenes Herz für den Mitmenschen wichtig seien. Das ist ganz gewiß richtig und doch auf einer bestimmten Ebene gefährlich; denn längst wird unser Alltag von Wissenschaft und Technik durchdrungen. Unsere Gefühle, Reaktionen und Wissensbildungen folgen meist unbemerkt den Massenkommunikationsmitteln. Wir müssen erkennen, wie sehr Wissenschaft und Technik zu herrschenden Mächten unserer Welt und in unserem Innern geworden sind, und ihnen gegenüber müssen wir eine neue theologische Orientierung finden.

Man muß nun ganz nüchtern sagen: Diese Mächte stehen erst am Beginn ihrer Herrschaft, und das läßt sich schnell verdeutlichen. In einer rund vierzigtausendjährigen Geschichte hat der sogenannte Homo sapiens sehr mühsam lebenswichtiges Wissen gesammelt. Dann hat ein einziges Jahrhundert, nämlich das 19., genügt, die ganze Summe dieses Wissens zu verdoppeln. Eine weitere Verdopplung erfolgte dann in nur fünfzig Jahren. Zur Zeit schätzt man, daß das verfügbare menschliche Wissen jeweils in einem Zeitraum von fünfzehn Jahren verdoppelt wird[7]. Wer über dieses Wissen verfügt, wer es am schnellsten vervielfältigen kann und wer über

7. *Georg Picht:* Mut zur Utopie. Die großen Zukunftsaufgaben, München 1969, S. 74.

die Kriterien seiner Anwendung entscheidet, der ist reich und mächtig. Hier liegt die entscheidende Armut der Entwicklungsländer, die oft genug noch ihre eigene Intelligenz durch Abwanderung – den brain drain – verlieren. Wissen ist heute keineswegs ohne weiteres international verfügbar. Hier, in diesen Monopolen, liegt auch der wichtigste Grund für die Vorherrschaft der Supermächte. Sie verfügen über die größte Zahl von Wissenschaftlern, die mächtigsten Bildungsinstitutionen, die höchsten Investitionen für Erziehung und Wissenschaft.

Immer noch gilt unter Wissenschaftlern Rationalität und Autonomie als Charakteristikum von Wissenschaft. Diese Charakteristika treffen auch heute weitgehend zu für die wissenschaftliche Arbeit im einzelnen: für Experiment, für Theoriebildung, für wissenschaftliche Diskussion und Beweisführung. Aber über die Anwendungen und Folgen ihrer Ergebnisse verfügen diese Wissenschaften nicht; die Wahl ihrer Forschungsrichtung ist abhängig von der Finanzierung, und sie richtet sich immer mehr nach außerwissenschaftlichen Kriterien. Raumfahrt und Rüstung, ökonomische Rivalität und Selbstsicherung der Gesellschaft diktieren die Prioritäten, nach denen die Großmacht Wissenschaft und Technik sich richtet. Von den direkten und indirekten Folgen wird unser ganzes Leben infiltriert.

Wenn die Christenheit stark vertreten ist in den Nationen, die über Technik und Wissenschaft verfügen, dann muß sie sich über ihre Mitverantwortung in dieser Sache klar sein. Es geht hier um die Frage, an welchen Prioritäten Wissenschaft und Technik orientiert werden, ob sie beispielsweise nur der nationalen Machtsteigerung dienen oder sich den Bemühungen um Entwicklung und Frieden in der ganzen Menschheit faktisch verpflichtet wissen. Die Festlegung der Prioritäten ist hier auf vielfältige Weise zu beeinflussen: langfristig in der öffentlichen Diskussion, in der Urteilsbildung der Wissenschaftler selbst und vor allem in dem Geist, der die Erziehungssysteme durchdringt. Hier entscheidet sich, ob künftig die Räume der Freiheit und Spontaneität immer kleiner werden, ob Menschen von technokratischem Streben beherrscht werden oder humane Gesichtspunkte sich Geltung verschaffen können.

Meine These ist nun – ich möchte das mit aller Schärfe aussprechen: Heute fällt der Christenheit eine zentrale Mitverantwortung für die Freiheit und für die humane Orientierung der Wissenschaft zu. Aber sie hat bisher kaum Organe und Institutionen, mit denen sie diese Verantwortung wahrnehmen kann; denn die Kirchen leben praktisch mit geringer

Kenntnis der Wissenschaftsprobleme; die Theologie hat weitgehend den Kontakt mit den weltverändernden Wissenschaften verloren. Das ist eine historische Fehlentwicklung, die heute nur schwer zu korrigieren ist, weil Wissenschaft und Technik sich mit so rasender Geschwindigkeit vorwärts bewegen.

Dennoch gibt es wichtige Ansatzpunkte für eine Realisierung dieser Verantwortung. Es kommt nicht bloß darauf an, die wissenschaftlichen Ergebnisse selbst zu vermehren, das geschieht sowieso schon. Es kommt vielmehr darauf an, sie wissenschaftlich und menschlich zu interpretieren auf ihren Sinn, ihre Bedeutung und ihre gesellschaftlichen Folgen hin. Das muß heute auf drei Feldern geschehen: ernstens durch den kirchlichen Beitrag zur Weltentwicklung; zweitens durch den Beitrag der Kirchen zur Friedensforschung; drittens durch die Untersuchung des sozialen Wandels, der die Bevölkerung in Stadt und Land auf allen Kontinenten in seinen Bann gezogen hat und die bisherigen Funktionen der christlichen Gemeinden von Grund auf in Frage stellt.

In allen diesen Gebieten ist es eine der zentralen Aufgaben wissenschaftlicher Forschung, zu untersuchen, wie eine lebendige Kommunikation, eine Verbindung zwischen der Basis, nämlich den Gliedern und aktiven Gruppen in den Gemeinden, und den gesamtkirchlichen und ökumenischen Institutionen und ihren Aufgaben erreicht werden kann. Eine zweite zentrale Aufgabe in allen diesen Gebieten ist, theologisch den Zusammenhang der wissenschaftlichen Erkenntnis mit den Aussagen des Glaubens herzustellen. Heute kann Theologie zum Kristallisationskern werden für viele Wissenschaften und Wissenschaftler, wenn sie die Frage nach humaner Verantwortung konkret stellt, sie intensiver stellt, als sie im positivistischen Wissenschaftsbetrieb gestellt wird, und wenn sie in genau durchdachten wissenschaftlichen Projekten handelnd an diese Aufgaben herangeht.

Vergegenwärtige ich mir diese Aufgaben, so kann ich nicht der Auflösung von Kirche und Theologie in die Gesellschaft hinein das Wort reden. Im Gegenteil: Allein die kritische Distanz zur Welt, zu der die Christenheit aufgerufen ist durch die Botschaft des Evangeliums, kann sie befähigen, auch gegen die herrschenden Tendenzen einer Zeit die Frage nach der wahren Menschlichkeit und der Zukunft des Menschen den Gewissen der Menschen einzuschärfen. Theologie ruft die Vernunft zu deren eigener Bestimmung zurück, wenn sie versteht, der Liebe zu Gottes Kreatur als oberstem Kriterium neue Geltung zu verschaffen.

Meine Frage an die künftige Orientierung des Lutherischen Weltbundes lautet: Werden wir imstande sein, konkrete Wege zur Realisierung dieser Mitverantwortung für die Freiheit und Zielkriterien von Wissenschaft zu finden?

2. *Der produktive Sinn der Zweireichelehre*

Die Mitverantwortung der Christen in der konkreten Krise der Gegenwart begründe ich nicht einfach aus der vorfindlichen Vernunft. Meine These lautet vielmehr: Indem das Evangelium Freiheit und Liebe schafft, gibt es auch Kriterien an die Hand, an welchen die Vernunft sich orientieren und von falschen Prioritäten befreien kann. Dabei will ich nicht abstrakt von der Vernunft sprechen, sondern von der Gestalt, welche die Vernunft bei der Inkarnation in unsere heutige wissenschaftlich-technische Welt angenommen hat.

Wie aber verhält sich das zur Zweireichelehre, wie sie im Luthertum wirksam ist? Will diese Lehre nicht gerade das Evangelium, will sie nicht das geistliche Reich von allem Irdischen abschirmen und so die Welt für ihre Eigengesetzlichkeit freigeben? Trennt diese Lehre nicht die Botschaft der Liebe von den Notwendigkeiten der Ordnung dieser Welt und der ihnen entsprechenden weltlichen Vernunft? Diese statisch-dualistische Benutzung der Zweireichelehre ist leider weit verbreitet; ihrer bedient man sich, wenn man einen konservativen Quietismus in öffentlichen Dingen und einen Heilsindividualismus im Privaten vertritt. Aber ich befürchte, hier verfehlt man die Wahrheit und den Sinn der Zweireichelehre und beruft sich zu Unrecht auf Luther. Das kann man auch ohne subtile theologische Untersuchungen aus Luthers eigenem Verhalten ablesen. Ganz gewiß ist Luther der Vermischung von geistlichem und weltlichem Regiment entgegengetreten. Den Klerikalismus hat er ebenso entschieden bekämpft wie die religiöse Legitimierung des weltlich-politischen Amtes oder der politischen Aktion; darum wollte er z. B. nicht dulden, daß die Bauern ihren Aufstand als Sache des Evangeliums unter christlichem Namen proklamierten.

Luther hat sich als Doktor der Theologie verpflichtet gefühlt, mit Forderungen, Empfehlungen und Ratschlägen in das weltliche Geschehen seiner Zeit einzugreifen und die Christen an ihre spezifische Verantwortung zu erinnern. Von ihnen erwartete er, man muß das heute in aller

Schärfe sagen, Gewaltlosigkeit und Rechtsverzicht in eigenen Angelegenheiten, streng den Nachfolgegeboten der Bergpredigt folgend. Seine Theologie ermächtigte ihn andererseits, öffentlich ein neues Friedensrecht zu fördern, welches das Fehde- und Selbsthilferecht des Mittelalters ablösen sollte; in seiner Auslegung des Magnificat von 1520/21 hat er einen förmlichen Rechtsunterricht gegeben. Er forderte immer wieder die Einrichtung von Schulen, den Aufbau des Bildungswesens, und deutete gerade das als rechte Konsequenz evangelischer Predigt. In der berühmten Predigt »Daß man Kinder zur Schule halten solle« von 1530 steht der Satz: »Darum, wenn man die Wahrheit sagen will: der zeitliche Friede, der das höchste Gut auf Erden ist, worin auch alle anderen zeitlichen Güter inbegriffen sind, ist eigentlich eine rechte Frucht des Predigtamtes.«[8]

Ist der zeitliche Frieden eigentlich eine rechte Frucht des Predigtamtes, so ist mit diesem Amt auch eine eminent kritische Aufgabe verbunden. Es ist mir fast unbegreiflich, wie man Luthers scharfe öffentliche Anklagen gegen die Regierenden seiner Zeit, gegen die »Tyrannei und Unterdrükkung« des armen Mannes vergessen und aus seiner Zweireichelehre Gesichtspunkte zugunsten einer generellen und unkritischen Legitimation der Machthaber entnehmen kann[9]. Zu begreifen ist es eigentlich nur durch das tragische Geschehen des Bauernkrieges, daß dies sich im Bewußtsein so in den Vordergrund geschoben hat.

Luther mißt mit großer Strenge das praktische Tun der Regierenden an dem gnädigen Willen Gottes und an der konkreten Bedürftigkeit der Menschen, nach der sich Vernunft und Liebe ausrichten sollen. Politik, Recht, Wirtschaft und Wissenschaft existieren – unbeschadet aller Unterscheidung der Kompetenzen – für ihn nicht eigengesetzlich in einem abgesonderten Raum, sondern bedürfen der kritischen Zurechtweisung. Diese zu üben sind diejenigen verpflichtet, die auf Grund der Erneuerung ihres Denkens danach fragen, was denn nun der gute, vollkommene Gotteswille ist (Römer 12,2). Orientieren wir uns also heute an Luthers eigenem Verhalten als einer, wie ich meine, kompetenten Auslegung der Zweireichelehre, so sehen wir uns verpflichtet, analoge Verantwortung in unserer Zeit wahrzunehmen.

8. WA 30, 2, 538.

9. Vgl. z. B. Luthers Kritik der Fürsten und Herren in der Ermahnung zum Frieden, 1525 (WA 18, 333).

3. Kriterien wahrer Menschlichkeit in Jesu Sendung

Nichts scheint der heutigen Theologie schwerer zu fallen als eine konkrete Formulierung der Kriterien einer Weltverantwortung, die im Evangelium gründet. Das hat einen sachlichen Grund in der Erfahrung des modernen Menschen, des modernen Christen. Gottes Wille ist für uns in eine tiefe Verborgenheit zurückgetreten. Frühere Generationen glaubten, sie könnten Gottes Willen aus vorfindlichen Schöpfungsordnungen und Naturgesetzen ablesen. Darum konnten sie auch so unbefangen von der göttlichen Weltregierung sprechen. Das ist uns nicht mehr möglich. Wir wissen, daß es heute dem Menschen weitgehend selbst zufällt, die Strukturen des Lebens in dieser Welt zu entwickeln und ganz neue Prozesse in Gang zu bringen. Wir wissen, daß wir alles Leben auf Zukunft ausrichten und seine Kriterien selbst finden müssen. Das ist die Mündigkeit, von der *Dietrich Bonhoeffer* so eindringlich gesprochen hat.

Wenn man früher des Menschen Sünde aufweisen konnte an den Abweichungen von den vorgegebenen Ordnungen, so müssen wir sie heute vor allem am Versagen gegenüber der Zukunft messen. Sünde wird heute vor allem dort sichtbar, wo der Mensch seinen Auftrag und seine Bestimmung verfehlt. Das heißt konkret: wo der Mensch als Verwalter dieser Erde die Strukturen und Verhältnisse dieser Welt menschenunwürdig macht und so die Menschen einander zu Feinden werden läßt. Wenn man die Verfehlung des Menschen mißt an dem Auftrag, der ihm zugefallen ist, scheint freilich die Theologie radikal anthropologisch zu werden; denn alles ist ja auf die Zukunft des Menschen in seiner Welt bezogen, und es scheint, als müßte alles vom Menschen verantwortet werden. Aber es zeigt sich, daß die Frage nach Gott sich jetzt in einer neuen Dimension stellt. Der Mensch, der seine Verantwortung um die Welt und ihre Zukunft kennt, wird bedrängt von der Angst, ob es gelingt, dieser Verantwortung gerecht zu werden. Er sieht, welche zerstörerischen Widersprüche seinem Auftrag entgegenstehen, und er spürt, daß es eines neuen Geistes, ja eines neuen Menschen bedarf, soll die Zukunft der Menschheit gelingen. Nur durch eine Welt voller Gerechtigkeit, Liebe und Humanität gibt es die positive Antwort auf unsere theologische Ausgangsfrage: Wie kriegt Gott seine Kreatur, seine Welt zurück? Aber nur durch des Menschen Erneuerung kann die Welt neu werden. Woher aber soll er die Hoffnung auf solche Erneuerung nehmen? Alle Erfahrung zeigt doch nur, daß die Welt den Menschen immer wieder verdirbt und der Mensch wiederum seine Welt. Ein fataler Zirkel, in dem ein Übel das andere bedingt. Darum ist Verzweiflung der nächste Begleiter der nüchternen Weltbetrachtung und Sinnlosigkeit ihre wahrscheinlichste Perspektive.

In diese Situation spricht das Evangelium hinein. Seine erste und grundlegende Aussage ist nicht die erdrückende Forderung, die Welt mit der besseren Gerechtigkeit zu schaffen. Seine erste Aussage ist eine Ermutigung: Gott hat in Christus einen neuen Anfang gemacht. Aus diesem neuen Anfang entspringen neues Leben und Freiheit. Wer wider allen Augenschein, gegen alles das, was er erfährt, dieser Zusage glaubt, der empfängt neues Vertrauen, neue Hoffnung und kann sich der negativen Suggestion entziehen, die der fatale Zirkel des Verderbens ausübt.

Gewiß, auch jetzt können und wollen wir die drängenden Fragen nach dem Gelingen oder der Perversion der Zukunft des Menschen nicht weniger scharf stellen. Wir müssen ja danach fragen, wie denn jene Kreaturen aussehen werden, die der Mensch in Zukunft schaffen wird, wenn seine Fähigkeit in der Manipulation des genetischen Materials noch um einige Stufen gewachsen ist. Welche Seele wird in den Kreaturen leben, die immer unausweichlicher durch die Organisation des gesellschaftlichen Milieus dressiert werden und zugleich die zerstörerischen Widersprüche und Antagonismen in dieser Organisation aushalten und widerspiegeln müssen?

Ich denke, wir Christen fragen nicht planlos, ins Dunkle tappend nach dem künftigen Bild des Menschen. Wir wissen um Kriterien, die unaufgebbar sind, wenn es sich noch um das Bild eines wirklichen Menschen handeln soll. Unser Suchen nach dem künftigen Menschen orientiert sich an dem, von dem das Evangelium sagt, er sei der endgültige, der eschatologische Mensch, der Erstling unter den Söhnen Gottes. In Jesus und seinem Geschick steht uns das Bild des wahren Menschen vor Augen. An ihm sollen die Kriterien aufleuchten, die unsere Suche nach dem Bild des künftig von uns zu verantwortenden Menschen leiten sollen.

In der Versuchungsgeschichte des *Matthäus* erscheinen in prophetischer Antizipation die großen Versuchungen der Menschheit. Nach vierzig Tagen und Nächten des Fastens und Hungerns wird Jesus vom Versucher heimgesucht. Er suggeriert ihm, zu seiner Selbsthilfe aus Steinen Brot zu machen. Er bietet ihm die Macht und Herrlichkeit aller Reiche der Welt, um ihn von dem Weg abzubringen, der vor ihm liegt, nämlich vom Wege des Leidens. Jesus lehnt ab; denn alle Selbsthilfe und Macht, alle Herrlichkeit des Menschen wird eine satanische Welt hervorbringen, wenn nicht in ihrer Mitte eines bleibt: das aufopfernde Dasein für andere, das Mitleiden mit dem Nächsten, das uns ihm näher bringt, näher sogar als alles gemeinsame Handeln. Jesus akzeptiert in dem Weg zum Kreuz Gottes Willen, weil alle Produktivität, alle Selbstverwirklichung, alle Lust eitel wird, wenn in der Mitte der Welt nicht das stellvertretende Leiden steht, das den Menschen aus den Banden, die ihn an ihn selbst fesseln, und auch aus den Zwängen der Aktivität herauslöst. Hier erscheint die Wahrheit, nach der sich alle anderen Kriterien des Menschseins ausrichten müssen, wenn es eine neue Hoffnung geben soll für die Zukunft des Menschengeschlechts. Weltverantwortung, die aus dem Glauben entspringt, wird von wahrem Mitleiden geleitet; sie wird darum ringen, daß die Leiden in dieser Welt mit allen dem modernen Menschen zur Verfügung stehenden Mitteln verringert werden, die Bereitschaft zum Dienst in der Nachfolge Jesu aber sich über diese Erde verbreitet. Mir scheint, hier liegt letztlich das Salz, ohne das alles andere schnell verderben wird.

4. Eine Schlußfolgerung

Aus meinem Vortrag ist eine ganze Reihe von praktischen Folgerungen zu ziehen. Von der neuen Mitverantwortung der Kirchen für die Wissenschaften, für deren Unabhängigkeit und ihre Ausrichtung auf humane Zielkriterien habe ich schon gesprochen. Lassen Sie mich hier nur noch einen Gedanken erwähnen, der im Luthertum des 20. Jahrhunderts oft zu kurz gekommen ist. Es geht um die Menschenwürde. Durch Rassendiskriminierung, durch Unterdrückung, Terror und Folterungen auf allen Kontinenten ist sie heute mehr denn je in Frage gestellt. Theologisch gesehen sind die Menschen in ihrer Würde unwiderruflich bestätigt worden, indem Christus sie als seine Brüder angenommen und für sie sein Leben gegeben hat. Niemand steht also in größerer Solidarität mit Christus als der leidende Mensch. Wir aber haben uns zu prüfen, welches Gewicht die gegenwärtigen Verletzungen von Würde und Recht unserer Mitmenschen, auch die Verletzungen, deren wir uns selbst schuldig machen, für unseren Glauben, für unser Gewissen haben. Theologisch müssen wir diese Handlungen doch wohl als eine Schändung des Menschen als des Ebenbildes Gottes begreifen. Was uns not tut, ist eine neue Sensibilisierung für das, was wir als Christenheit denen schuldig sind, die unter Diskriminierung leiden. Wir wissen, daß Brot zur Überwindung des Hungers geschaffen werden muß. Aber wir wissen auch in gleicher Dringlichkeit und Konkretheit, daß manche Glieder der Menschheitsfamilie mehr als nach Brot und Nahrung nach etwas anderem hungern: nach der faktischen Gleichberechtigung, nach der faktischen Teilnahme an den Grundentscheidungen des Lebens und der Menschheit, nach der Achtung, die sie davor schützt, von anderen – von uns – beherrscht und bestimmt zu werden. Sie hungern schlicht nach der realen Anerkennung ihrer Menschenwürde. Mir scheint, erst wo dieser Hunger gestillt wird, stehen wir an den Anfängen der Bruderschaft vor Gott, zu der wir alle berufen sind.

4.
Technische oder soziale Revolution – eine theologische Alternative?

Keine Konferenz hat die Sozialethik und das Handeln des Ökumenischen Rates und seine Mitgliedskirchen in gleichem Maße beeinflußt wie die Expertenkonferenz »Kirche und Gesellschaft« in Genf 1966. Hier kam es zu einer äußerst fruchtbaren und folgenreichen Konfrontation zwischen den in den nordatlantischen Traditionskirchen herrschenden sozialethischen Denkweisen und Entwicklungskonzepten mit dem sozialrevolutionären Aufbruch, der von Lateinamerika insbesondere auf Afrika und auch auf Asien übergriff und ganz neue Wege suchte. Eine der großen Alternativen, die hier erörtert wurden, war die Bewältigung von Weltarmut und Welthungersnot entweder mittels der technologischen Produktivität moderner Industriekulturen oder aber mittels grundlegender sozio-ökonomischer Veränderung der Gesellschaftsverhältnisse. Die bisher im ÖRK geltende Sozialethik der »Verantwortlichen Gesellschaft« bevorzugte den ersteren Weg, die neu aufkommende »Theologie der Revolution« und ihre verwandelte Fortsetzung in den »Theologien der Befreiung« plädierte entschlossen für den zweiten Weg. In dem vorgelegten Text versuche ich, diese meines Erachtens falsche Alternative aufzulösen und zu einer begründeten Neuorientierung beizutragen. Dabei wird vorausgesetzt, daß sich in einem industriell wenig entwickelten Land die Probleme anders stellen als in einer hochindustrialisierten Gesellschaft. Von der Perspektive der letzteren bin ich – trotz aller Aufmerksamkeit auf die Probleme der »Dritten Welt« – in meinem Urteilen geprägt. Der Vortrag, am 9. Oktober 1967 unter einem anderen Titel in der Marxismuskommission der Evangelischen Studiengemeinschaft in Heidelberg gehalten, wurde aufgenommen in das zusammen mit Trutz Rendtorff veröffentlichte Bändchen: Theologie der Revolution – Analysen und Materialien, edition suhrkamp 258, 1968 und öfter, Seite 76–98. Diese Publikation ist in eine Reihe anderer Sprachen übersetzt worden und erfuhr eine weite Verbreitung.

1. Zur Entstehung der Alternative

Der unbefangene Leser wird spontan vermuten, daß es sich in der Überschrift um eine falsche oder zumindest schiefe Alternative handelt; denn warum sollten technische und soziale Revolutionen nicht Hand in Hand miteinander die menschliche Welt verwandeln? Indessen erscheinen diese beiden traditionell durch »Progressivität« verbündeten Prozesse in der gegenwärtigen Diskussion häufig als Konkurrenten, zwischen denen gewählt werden muß.[1] Im 2. Vorbereitungsband für die Genfer Konferenz optierte *André Philip*, Professor in der Fakultät für Recht und Politische Ökonomie an der Sorbonne und höchst engagierter Vorkämpfer der Entwicklungshilfe, mit Nachdruck gegen alles »Träumen von einer kommenden Revolution«; denn wir lebten bereits in einer Revolution, in einem fortlaufenden Prozeß der Zerstörung und Erneuerung gegenwärtiger Strukturen. Das umwälzende Handeln müsse, um eine dem Menschen günstige Richtung zu nehmen, wissenschaftlich-technisch sein, keinesfalls revolutionär oder gewaltsam.[2] Gewalt sei auch abgesehen von jeder ethischen Betrachtungsweise ausgeschlossen; denn in den Industrieländern seien die technischen Strukturen so stark entfaltet und die verschiedenen sozio-ökonomischen Systemelemente so sehr miteinander verzahnt, daß ein plötzlicher Umbruch nicht ohne Erschütterung des gesamten Produktionssystems und eine entsprechende Verarmung der Massen sowohl in den Industrienationen wie in den Entwicklungsländern vor sich gehen könne. Kurzum, der einzige Weg sinnvoller Entwicklung in weltweitem Maßstab sei der Weg der technischen Revolution, der durch sozialrevolutionäre, politische Gewaltakte nur gestört werden könne.[3] Natürlich sollen damit nicht einzelne und begrenzte revolutionäre Akte gegen fortschrittsblockierende Kräfte in entwicklungsfähigen Ländern ausgeschlossen sein.

1. Die mit dem Thema bezeichnete Alternative trat deutlich auf der Genfer Welt-Studien-Konferenz für *Kirche und Gesellschaft* 1966 hervor; ich werde daher bei der Entfaltung der Probleme jeweils an die Genfer Diskussion anknüpfen.

2. »Such action must be technical in character und in no way revolutionary or violent.« In: *Responsible Government in a Revolutionary Age*, Edited by *Z. K. Matthews*, 1966, S. 120.

3. »... in the industrialized countries no revolution is possible but only a continuous encounter with events in such a way as to influence the course of a technical revolution that is automatically taking place«, a.a.O., S. 121.

André Philips Absage an eine allgemeine politisch-soziale Revolution zugunsten einer konsequenten technisch-wissenschaftlichen Entwicklung drückt den Widerspruch aus gegen eine Auffassung, die offenbar in den Führungsschichten vieler Völker der »Dritten Welt« dominiert; nämlich gegen die These, daß bei den jungen Nationen die Politik den unbedingten Vorrang vor allem anderen, also auch vor Ökonomie, Technik und Wissenschaft haben müsse, weil nur politische Mittel jenen Druck auf die Industrienationen ausüben könnten, der gewährleiste, daß die bisherige Deklassierung der neuen Nationen Asiens, Afrikas und Lateinamerikas verschwinde. Der nigerianische Rechtsanwalt Bola Ige vertrat diese These auf der Genfer Konferenz mit folgenden Sätzen: »Es kann keinen Frieden geben in einer Welt, in der zwei Drittel der Menschheit von oben herab als ›die Armen, die Unterentwickelten, die Dritte Welt‹ oder heute ›die neuerwachten Völker‹ bezeichnet werden. Es kann keinen Frieden geben in einer Welt, in der 75 Nationen ihre wirtschaftliche (und damit auch ihre politische) Zukunft durch das bloße Eigeninteresse Europas und Amerikas diktiert wird. Es kann keinen Frieden geben, solange sich die Sowjetunion und die Vereinigten Staaten anmaßen, die Zukunft der Welt und die anderer Nationen zu bestimmen ... Wenn unsere Völker auch arm, ungebildet und von Seuchen geplagt sind, so sind sie doch nicht politisch dumm.«[4]

Die These vom Primat der Politik bei den Völkern der Dritten Welt beruht auf folgenden Voraussetzungen: Die jungen Nationen möchten unter allen Umständen ihre Autonomie wahren, aber sie wissen, daß sie nicht aus eigener Kraft den weiten Weg zurücklegen können, der bis zu einer international konkurrenzfähigen Wirtschaft, Technik und Bildung führt. Sie müssen sich daher Entwicklungshilfe beschaffen, die nicht ihre politische Autonomie untergräbt, und sie sind der Überzeugung, daß dies ohne politischen Druck nicht möglich ist. Ihre Hauptverbündeten bei diesem Bemühen sind die schweren politisch-ideologischen Gegensätze zwischen den mächtigen Nationen sowie die Antagonismen innerhalb der hochindustrialisierten Gesellschaften und schließlich das Aufkommen der asiatischen Führungsmacht China. Politischer Druck von seiten der Völker der Dritten Welt läßt sich nur unter Ausnutzung dieser Gegensätze und Antagonismen ausüben. Fraglich bleibt allerdings, ob dieser Weg nicht zur Vernachlässigung der potentiellen eigenen Kräfte für den Auf-

4. Appell an die Kirchen der Welt (Hg. *H. Krüger*), 1967, S. 67f.

bau der jungen Nationen führt und daher nicht in genügendem Maße die konsequente technisch-wissenschaftliche Entwicklung, die André Philip als den einzig möglichen Weg charakterisierte, vorantreibt.

Der entschiedenste Widerspruch gegen Philips These kam indessen nicht von Vertretern der Dritten Welt, sondern von *Richard Shaull* aus Princeton, dem Programmatiker einer »Theologie der Revolution«.[5] Er argumentierte so: Gewiß hat bisher die Technik einen revolutionierenden Einfluß auf die Strukturen der modernen Gesellschaft ausgeübt und insofern im Bund mit dem Fortschritt gestanden. Aber es ist keineswegs gewährleistet, daß nicht heute ihre Wirkungen einen restaurativen Charakter annehmen; denn heute bietet die Technik den herrschenden Gruppen, dem »establishment«, nahezu unbegrenzte Möglichkeiten, die eigene Herrschaft auf Kosten von Wandel und Fortschritt der Gesellschaft zu perpetuieren. Ja, die Technik hat in ihren fortgeschrittenen Stadien geradezu die Tendenz, ein totales System sozialer Beherrschung auszubilden und der Bevölkerung ein entsprechendes Ethos des Sich-Abfindens mit dem Faktischen zu suggerieren.

Shaull hat sich bei dieser Kritik der Technik auf Gedanken aus *Herbert Marcuses* Buch »Der eindimensionale Mensch« berufen. Ich zitiere daraus einige charakteristische Sätze: »Ausgeweitet zu einem ganzen System von Herrschaft und Gleichschaltung bringt der technische Fortschritt Lebensformen (und solche der Macht) hervor, welche die Kräfte, die das System bekämpfen, zu besänftigen und allen Protest im Namen der historischen Aussichten auf Freiheit von schwerer Arbeit und Herrschaft zu besiegen oder zu widerlegen scheinen. Die gegenwärtige Gesellschaft scheint imstande, einen sozialen Wandel zu unterbinden – eine qualitative Veränderung, die wesentlich andere Institutionen durchsetzen würde, eine neue Richtung des Produktionsprozesses, neue Weisen menschlichen Daseins. Die Unterbindung sozialen Wandels ist vielleicht die hervorstechendste Leistung der fortgeschrittenen Industriegesellschaft; die allgemeine Hinnahme des ›nationalen Anliegens‹, das Zwei-Parteien-System, der Niedergang des Pluralismus, das betrügerische Einverständnis von Kapital und organisierter Arbeiterschaft in einem starken Staat bezeugen die Integration der Gegensätze, die das Ergebnis wie die Vorbedingung dieser

5. Vgl. den Aufsatz über: Revolution als neue sozialethische Konzeption. Eine Inhaltsanalyse, in: *T. Rendtorff* und *H. E. Tödt*: Theologie der Revolution, Frankfurt 1968, S. 18ff.

Leistung ist.« »Die Technik dient dazu, neue, wirksamere und angenehmere Formen sozialer Kontrolle und sozialen Zusammenhalts einzuführen. Die totalitäre Tendenz dieser Kontrollen scheint sich noch in einem anderen Sinne durchzusetzen – dadurch, daß sie sich auf die weniger entwickelten, selbst vorindustriellen Gebiete der Welt ausbreitet und dadurch, daß sie die Ähnlichkeiten in der Entwicklung von Kapitalismus und Kommunismus hervorbringt. Angesichts der totalitären Züge dieser Gesellschaft läßt sich der traditionelle Begriff der ›Neutralität‹ der Technik nicht mehr aufrechterhalten. Technik als solche kann nicht von dem Gebrauch abgelöst werden, der von ihr gemacht wird; die technologische Gesellschaft ist ein Herrschaftssystem, das bereits im Begriff und Aufbau der Techniken am Werke ist.«[6]

Unter Bezugnahme auf Marcuses in neomarxistischen Kategorien durchgeführte Kritik der Technik fordert Shaull, den technischen Prozeß der ihm immanenten Logik zu entreißen und ihn revolutionären Zielsetzungen zu unterstellen; nur so kann er nach Shaull wieder fähig werden, zur fundamentalen Erneuerung der Gesellschaft im Transzendieren über alles Bestehende hinaus beizutragen.

Stellt man, wie wir es getan haben, die Grundintentionen von *André Philip* und *Richard Shaull* einander gegenüber, so steht man in der Tat vor einer Alternative. Entweder liegt die entscheidende revolutionäre Dynamik der Gegenwart im technisch-ökonomischen Prozeß und läßt keine größeren politisch-sozialrevolutionären Erschütterungen zu ohne schweren Schaden für weite Teile der Erdbevölkerung (Philip), oder die heutige Technik muß als der Produzent von »technologischen Gesellschaftssystemen« mit totalitären Zügen und fortschrittshemmenden Lebensformen betrachtet werden und bedarf dann der Unterstellung unter Zielsetzungen revolutionäner Erneuerung (Marcuse, Shaull). Will man zu dieser Alternative eine kritische Stellung gewinnen, so bedarf es einer genauen Erfassung der Probleme, die mit der technischen Dynamik im weitesten Sinne verbunden sind. Diesem Zweck sollen die beiden nächsten Abschnitte dienen.

6. *H. Marcuse:* Der eindimensionale Mensch, 1967, S. 14 und 18. Präziser als Marcuse hat *Theodor W. Adorno* in seiner kritischen Theorie die moderne Gesellschaft als »kollektiven Zwangsmechanismus« und die Rolle der Technik bei der »totalen Vergesellschaftung« dargestellt. In äußerster Konzentration finden sich seine Überlegungen im Artikel »Gesellschaft« im »Evangelischen Staatslexikon« (Hg. *H. Kunst* und *S. Grundmann*), 1966, Sp. 636–643.

2. Technik als Befreiung des Menschen von der Tyrannei der Materie

Die nachhaltigste Interpretation positiver Möglichkeiten der Technik trug während der Genfer Konferenz *Emmanuel Mesthene*, geschäftsführender Direktor des Programmes für Technik und Gesellschaft an der Harvard-Universität, USA, vor.[7] Er ging von der Frage aus, was man wohl in unserer Gegenwart als das eigentlich Neue gegenüber früheren Zeiten bezeichnen könne. Sicher sei das Neue nicht die Geschwindigkeit ökonomisch-sozialer Veränderungen; denn so weit man diese messen könne – nämlich an den ökonomischen Wachstumsraten, die man auf Grund statistischer Unterlagen etwa 100 Jahre zurückverfolgen kann –, ergebe sich eine ständig ausgeglichene Wachstumskurve. Neu seien auch viele andere Dinge nicht, die man allgemein als neu empfände. Aber in zweierlei Hinsicht könne man tatsächlich von Neuem sprechen. Nämlich einmal im Hinblick auf das Maß an physischer Macht, das man heute habe, und zum anderen im Hinblick darauf, daß wir uns dieser Tatsache bewußt werden und planmäßig beginnen, diese physische Macht zu realisieren.

Es ist deutlich, woher Mesthene seine Kategorien zur Beurteilung der Technik nimmt. Sein Ausgangspunkt liegt in dem, was er die »traditionelle Tyrannei der Materie« nennt: sie ist die physische Abhängigkeit des Menschen von der Natur in ihrer rohen Vorhandenheit. Das Bewußtsein der den Menschen einengenden, ihn negierenden und ihm Furcht einflößenden physischen Unmöglichkeiten hat die ganze Menschheitsgeschichte hindurch Gewalt gehabt. Wohl gab es immer wieder Erfindungen, die den Menschen neue physische Möglichkeiten schenkten. Aber solche Erfindungen galten eigentlich als eine wunderbare Abweichung von der Norm; sie waren Überraschungen, denen der Mensch sich von Fall zu Fall anpaßte. In unserer Zeit aber hat uns die Technik objektiv in die Lage versetzt, Erfindungen nicht bloß als Überraschungen hinzunehmen, sondern sie vorsätzlich und planmäßig herbeizuführen. Wir werden nicht im geringsten überrascht sein, wenn Menschen auf dem Mond landen, so sehr sind wir davon überzeugt, daß wir die Macht haben, beinahe nach Gutdünken dem Menschen neue Möglichkeiten zu erschließen. Das heißt

7. *Mesthenes* Vortrag findet sich in: Appell an die Kirchen der Welt, 1967, S. 43–56.

aber: Die uralte Tyrannei der Materie ist gebrochen, und wir sind uns dessen bewußt. Wir haben die objektiven Voraussetzungen dafür, durch massive physische Veränderungen von der Natur nie dagewesene Alternativen zu erzwingen. Wir haben die Einsicht, daß die physische Welt nicht so sein muß, wie sie ist.

In unserer Zeit ist also die Technik mündig geworden – und zwar nicht als bloßes technisches Vermögen, sondern als soziales Phänomen. Unser technisches Handeln ist erfüllt von der Verheißung neuer Freiheit, erhöhter menschlicher Würde und ungefesselten, grenzenlosen Strebens. Wir stehen an der Grenze, wo wir uns endgültig aus der Unpersönlichkeit und Feindschaft einer widerspenstigen Natur befreien können. Die Not unserer Zeit aber ist es, daß unsere Macht viel schneller wächst als unser Vermögen, diese Macht zu verstehen und weise zu gebrauchen.

Mesthene diskutiert nach dieser Feststellung eine ganze Reihe von Faktoren und Auffassungen, die geeignet sind, Furcht zu erwecken vor der Ambivalenz und der Doppelgesichtigkeit jener Technik, die einerseits Freiheit verheißt, andererseits aber auch neue Abhängigkeiten und Bedrohungen produziert. Gewiß ist es schrecklich, das zu betrachten, was als das ungewollte Böse aus menschlicher Unkenntnis und Fehlbarkeit hervorgehen wird, z. B. aus der Atombombe, aus dem Gebrauch von Drogen, aus der Manipulation des genetischen Code. Diese Betrachtung könnte dazu führen, daß wir – mit Hamlet gesprochen – lieber die Übel, die wir haben, ertragen, als daß wir zu unbekannten fliehen. Darum stellen heute viele die Frage, ob man den technischen Prozeß nicht aufhalten müsse und könne.

Drei Gründe sind es, mit denen Mesthene gewissermaßen als Sprecher unserer Generation diese Frage verneint. Wir *wollen* es nicht, weil wir überzeugt sind, daß alle furchtbaren Folgen, welche die Technik bringen wird, geringere Übel sein werden als diejenigen, welche »die Natur ohne Unterstützung erzeugen wird, wenn ihr Geheimnis ewig verborgen bleibt«. Wir *können* nicht haltmachen, weil der Mensch das Wesen ist, das »von Natur nach Wissen verlangt«. Der Mensch wird, solange Leben in ihm ist, alles untersuchen, lernen und tun, wozu ihn die Neugierde treibt. Diejenigen, die irgendwo in der Menschheitsgeschichte mit der Weiterentwicklung haltmachen wollten, waren immer die Verlierer. Wir *dürfen* nicht haltmachen, weil dies dem Eingeständnis gleichkäme, daß die menschliche Rasse sich als unfähig erwiesen hat, mit ihren eigenen Schöpfungen fertig zu werden. Dieses Eingeständnis wäre das Äußerste an Entmenschlichung.[8]

Angesichts dieser Lage kommt es darauf an, nach zweieinhalbtausend Jahren aufs neue Mut zu fassen. Mesthene beruft sich hier auf den Erforscher des klassischen Altertums *Gilbert Murray*, der gezeigt habe, daß die Griechen des fünften und vierten Jahrhunderts an die letzte Intelligibilität des Universums glaubten. Für sie »gab es im Wesen des Seins und des Menschen nichts, das an sich unerkennbar war. Entsprechend glaubten sie auch an die Kraft der menschlichen Vernunft, alles, was es in der Welt zu erkennen gab, zu erkennen und den Lauf des Menschen zu leiten«. Erst die folgende Geschichtsperiode habe diesen klassischen Glauben an die Intelligibilität der Welt und an das Vermögen des Menschen zu Erkenntnis und Tun erschüttert. Aber »wir sind wieder überzeugt, zum ersten Mal seit der Zeit der Griechen, daß das Universum grundsätzlich intelligibel ist: Es gibt in ihm nichts, das prinzipiell nicht zu erkennen wäre. Um es mit den Worten des Soziologen Daniel Bell zu sagen: ›Heute glauben wir, daß es keine angestammten Geheimnisse im Universum gibt, und dies ist eine der bezeichnenden Veränderungen in der modernen sittlichen Mentalität‹. Auch so läßt sich ausdrücken, was an unserem Zeitalter neu ist«.[9]

Die Furcht, selbst bedeutungslos zu werden, wenn der Mensch jenen klassischen Mut zu sich selbst wiedergewonnen hat, bedeutet die eigentliche Krisis der Kirchen; denn sie sehen bisher ein Gefühl des Versagens als Voraussetzung des religiösen Erlebens an. Das aber ist nach Mesthene ein Überbleibsel aus der Zeit, in der eine gefühllose Natur und eine feindliche Welt die Menschen so überwältigten, daß das Denken zugunsten des Trostes aufgegeben wurde. Die Lösung der religiösen Krise ist in einer neuen Richtung zu sehen: die neugefundene Macht und das Selbstvertrauen ermöglichen dem Menschen, eine Partnerschaft mit Gott zu suchen, indem der Mensch die Sache der Welt führt. Er, der seine Macht und seinen Willen ausübt, wird letztlich mit dem Problem konfrontiert, wie er in all dem Möglichen, das offensteht, das Gute erkennen und auswählen kann. Diese Frage aber ist die Frage nach Gott, der sich inmitten des dem Menschen Möglichen »als Güte und ewige Möglichkeit offenbart«.[10] Im Wissen um Gott als die Güte soll die Kirche die Gesellschaft

8. Vgl. a.a.O., S. 51f.
9. A.a.O., S. 52/53.
10. A.a.O., S. 53, 56.

kritisch befragen nach den Zielen, den Werten und den Folgen von Vorgängen, welche die Gesellschaft von sich aus für selbstverständlich hält.

Will die Kirche diese Aufgabe erfüllen, so muß sie Teil der Gesellschaft sein, aber in einem gewissen Abstand zu ihr stehen. Eine »gefährliche Tendenz zur Übersäkularisierung der Kirchen« muß überwunden werden; es bleibt Auftrag der Kirche, den Menschen Gott zu zeigen, jenen Gott, der letzter Wert und ewige Möglichkeit ist und dem Mensch die Gnade gibt, ihn zu erkennen und ihm zu dienen.

Mesthenes Skizze der schier unbegrenzten Möglichkeiten gegenwärtigen und künftigen technischen Handelns zur Gestaltung der Welt könnte leicht als eine typisch amerikanische Variante der bürgerlich-optimistischen Weltanschauung abgetan werden. Sie widerspricht zu sehr dem Gesamteindruck, den die kontinental-konservative Kulturkritik auch hinsichtlich der Technik hinterlassen hat – aber sie widerspricht ebenso scharf dem negativen Bild, das der Neomarxist Herbert Marcuse vom technologischen Universum gezeichnet hat. Mesthene will – aller Kulturkritik zum Trotz – deutlich machen, daß bereits unser gegenwärtiges technisches Können, wie er formuliert, »überschäumt mit der Verheißung neuer Freiheit, erhöhter menschlicher Würde und ungefesseltem Streben«.[11] Vielleicht steht er mit dieser Konzeption bestimmten – ihm vermutlich nicht bekannten – Gedanken von *Karl Marx* recht nahe. Denn für Marx beginnt die eigentliche Geschichte erst dort, wo der Mensch das äußerliche Verhältnis zur Arbeit und damit die Entfremdung hinter sich gelassen hat. Dann sind objektive Strukturen erreicht, die den spontanen technischen Eros als ihr subjektives Korrelat herausfordern; die umfassende Befriedigung, die allseitige Selbstverwirklichung und Selbstvergegenständlichung des Menschen geschieht. Der Mensch wird objektiv und subjektiv zum Demiurgen seiner selbst und der technologisch durchwirkten Natur, welche in Ablösung von der Tyrannei des naturwüchsigen Grundes zum zweiten, unorganischen Leib der Menschheit wird. Der Mensch verwirklicht sich im Sinne des technischen Humanismus von Karl Marx, indem er mit der technisch bewältigten Natur in das Grenzenlose eines neuen Kosmos hineinwächst.[12]

11. A.a.O., S. 46.

12. Vgl. dazu *Helmut Klages*: Marxismus und Technik, in: Technik im technischen Zeitalter (Hg. *H. Freyer* und *J. Chr. Papalekas, G. Weippert*), 1965, S. 137–150.

Auch für Mesthene liegt die Befreiung, die Möglichkeit der Selbstverwirklichung, in der Überwindung der Tyrannei des naturwüchsigen Grundes, der Materie, und diese Überwindung ist nach seiner Überzeugung heute objektiv möglich geworden im Fortschritt des technischen Prozesses. Die gesellschaftlichen Hemmungen, von denen auch das technische Handeln betroffen ist, werden bei Mesthene nicht erörtert. Darin liegt zweifellos ein Mangel, der in seinem anthropologischen Ansatz begründet ist.

Mesthene betont, daß der Mensch mit dem Vorantreiben des technischen Prozesses nicht aufhören könne, weil er das Wesen sei, das von Natur nach Wissen verlangt. Durch dieses Wissenwollen, durch die Nötigung, alles zu untersuchen, zu lernen und zu tun, wozu ihn die Neugierde treibt, sei der Mensch unausweichlich auf den Fortschritt des technischen Prozesses festgelegt – mögen die Opfer auf diesem Wege so groß sein, wie sie wollen. Diesem deterministischen Verständnis des menschlichen Dranges entspricht die völlig unbewiesene Idee von der totalen Intelligibilität des Universums. Sie fällt dahin, sobald man nicht ein in der Erkenntnis prinzipiell omnipotentes Subjekt einem Objekt-Universum gegenüberstellt, sondern sich darüber klar wird, daß es sich im Naturbild der exakten Naturwissenschaft nicht eigentlich mehr um ein Bild der Natur handelt, sondern um ein Bild unserer Beziehungen zur Natur. W. Heisenberg hat diese Auffassung so formuliert: »Im Blickfeld der exakten Naturwissenschaft steht vielmehr vor allem das Netz der Beziehungen zwischen Mensch und Natur, der Zusammenhänge, durch die wir als körperliche Lebewesen abhängige Teile der Natur sind und sie gleichzeitig als Menschen zum Gegenstand unseres Denkens und Handelns machen. Die Naturwissenschaft steht nicht mehr als Beschauer vor der Natur, sondern erkennt sich selbst als Teil dieses Wechselspiels zwischen Mensch und Natur. Die wissenschaftliche Methode des Aussonderns, Erklärens und Ordnens wird sich der Grenzen bewußt, die ihr dadurch gesetzt sind, daß der Zugriff der Methode ihren Gegenstand verändert und umgestaltet, daß sich die Methode also nicht mehr vom Gegenstand distanzieren kann. Das naturwissenschaftliche Weltbild hört damit auf, ein eigentlich naturwissenschaftliches zu sein.«[13]

13. Vgl. *Werner Heisenberg*: Das Naturbild der heutigen Physik, in: Die Künste im Technischen Zeitalter (Hg. Bayerische Akademie der Schönen Künste), 1956, S. 45 f.

Von dieser erkenntnistheoretischen Situation der Naturwissenschaften ist das technische Handeln unmittelbar betroffen. Indem der Mensch die Dingwelt, das materielle Universum verändert, kann er nicht umhin, auch sich selbst zu verändern. Welche Grenzen in diesem Prozeß der Wechselwirkungen sich zeigen werden, wie weit die Durchsichtigkeit des prozeßhaft veränderten Universums reicht, läßt sich nicht vorhersagen. Zweifellos hat Mesthene recht, wenn er den Menschen zur Mündigkeit in der Weltgestaltung durch Technik aufruft – aber der Glaube an die totale Intelligibilität des Universums ebenso wie die Vernachlässigung der gesellschaftlichen Beschränkungen des technischen Handelns können nur allzuleicht in einen rücksichtslosen Fortschrittsoptimismus umschlagen.

3. Eine kritische Analyse der gegenwärtigen technischen Evolution

Im kritischen Korreferat zu Mesthene knüpfte *Jacques Ellul*, Professor an der Fakultät für Rechts- und Wirtschaftswissenschaft in Bordeaux, an Traditionen europäischer Philosophie und Theologie an.[14] In der Technik ist nach Elluls Auffassung heute weder im marxistischen noch im liberalen Sinne von einer Revolution zu sprechen, sondern höchstens von einer beschleunigten Evolution. Freilich liegt es im Wesen der Technik, daß ihre Entwicklung nicht angehalten werden kann und in einem bestimmten Sinne einer immanenten Eigengesetzlichkeit folgt. Dabei ist zu beachten, daß die Technik sich nicht als finaler Prozeß entfaltet. Sie bewegt sich nicht auf eine bestimmt vorgestellte Zukunft hin, sondern prozediert kausal, indem aus bereits vorliegenden Elementen neue Kombinationen gewonnen werden. Weil es sich jeweils um die neuartige Synthese bereits bekannter wissenschaftlicher Elemente handelt, gibt es in der Technik relativ gute Möglichkeiten der Prognose. Voraussagen sind mit methodischer Zuverlässigkeit nur im kausalen Prozeß möglich, also dort, wo es sich um die Fortentwicklung von Gegebenheiten handelt, die bereits wissenschaftlich faßbar sind. Als Beispiele solcher Prognosen nannte Ellul einen prognostischen Bericht der *Rand Corporation* aus dem Jahr 1965

14. Das Referat ist nicht gedruckt worden; ich benutzte die Konferenz-Vervielfältigung. Ihr entnahm ich einige Gedanken, die ich, meinem Thema entsprechend, teilweise über ihre wörtliche Formulierung hinausführte.

und einen analogen sowjetischen Bericht von *Couchtchev* und *Vasiliev* aus dem Jahr 1964.

Für Prognosen entstehen größte Schwierigkeiten, sobald man den technischen Bereich im engsten Sinne verläßt und die Entwicklung im Kontext von Politik, Gesellschaft und Wirtschaft beurteilen will. Hier betritt man ein Feld, auf welchem Werturteile und Wünsche, Pläne und Vorbilder, Gegebenheiten und Ideologien in einem bunten Durcheinander herrschen. Die Kalkulation des Möglichen und des Wahrscheinlichen, sofern sie sich kausaler Verknüpfung bedienen und von wissenschaftlich erfaßbaren Gegebenheiten ausgehen will, ist hier nicht möglich. Prognosen müssen auf diesem Felde, wenn sie überhaupt Sinn haben sollen, von völlig anderer Art sein als im technischen Bereich.

Die genannten Schwierigkeiten werden durch die Ambivalenz des technischen Fortschritts gesteigert; denn in jedem Stadium, in dem die Lösung einiger Probleme erreicht ist, werden alsbald neue Probleme provoziert. Das geschieht oft in unerwarteter und undurchsichtiger Weise. Der technische Fortschritt stellt also den Menschen immer wieder vor überraschende Fragen und unbeabsichtigte Aporien.

Diese Sachlage macht zwar die Prognose nicht überflüssig, aber es gilt zu unterscheiden zwischen der engeren Prognose für die kausalen, gleichsam intern-technischen Entwicklungen und der weiteren, viel unschärferen Prognose, welche die Technik im politischen und sozio-ökonomischen Kontext zum Gegenstand hat. Außerdem ist streng zu unterscheiden zwischen der kurzfristigen und der langfristigen Prognose. Langfristige Planungen können sich heute nicht an wissenschaftlich begründbaren Prognosen orientieren. Sie sind nach Ellul nur der Entwurf einer Ideologie ohne wissenschaftliche Grundlage, während die kurzfristige Planung aufgrund entsprechender Prognosen methodisch möglich ist, ja, sie wird sogar zur Bedingung sinnvollen Handelns im Bereich unserer Gegenwart, sofern sich diese in die Zukunft erstreckt. So ist es z. B. unbedingt nötig, heute die künftigen Folgen einer umfassenden Automation der industriellen Produktion zu untersuchen, um ihnen sachgerecht begegnen zu können.

Elluls Kritik an langfristigen Voraussagen über technisch-soziale Gesamtentwicklung will nicht der Annahme einer durchgehenden Irrationalität des gesellschaftlichen Fortschrittes das Wort reden; sie geht vielmehr von der Überzeugung aus, daß das Bewußtsein der gesellschaftlichen Prozesse wächst und wachsen muß. In diesem Bewußtsein müssen zwei

Elemente ausgebildet werden: der entschiedene Wille zum Überleben unter den Bedingungen und Gefahren der technisch gestalteten Welt und die ethische Bewußtheit, die immer deutlicher macht, daß in allen anfallenden und bedrängenden Problemen ethische Alternativen stecken. Diese ethischen Alternativen aber wird nur der entdecken, der nicht in konformistischer Anpassung an die Gesellschaft lebt, sondern eine Distanz aufrecht zu erhalten vermag. Man kann sich also nicht der Evolutionsdynamik der Technik in der Illusion anvertrauen, daß sie aus sich selbst heraus das gesellschaftlich Gute produziert. Vertrauen in die totale Intelligibilität des Universums im Sinne von Mesthene erscheint Ellul ganz unangebracht.

Wenn ein verantwortliches Verhalten und Handeln im Felde der kurzfristigen Auswirkungen und ungewollten Nebenwirkungen der Technik möglich sein soll, dann bedarf es bestimmter Modellvorstellungen für dieses Handeln. Ellul findet ein brauchbares Modell in der Verhaltensweise, die der Mensch gegenüber der naturwüchsigen Umwelt entwickelt hat. Die Natur nämlich hat den Menschen stets zu intensiver Anpassung gezwungen, zur Einpassung in die Naturgegebenheiten. Aber das war nur die eine Seite menschlichen Verhaltens; die andere Seite war ein produktives Hinausgreifen über die Anpassung, die Gewinnung von Distanz, und hierin trat das spezifische Menschsein des Menschen hervor. Erst die Einheit von Anpassung und Distanz ergibt die Modellvorstellung für sachgemäßes Verhalten.

Dieses Modell ist von der naturwüchsigen Umwelt zu übertragen auf jene zweite Natur, auf die vom Menschen hervorgebrachte und zu verantwortende Welt. Innerhalb der Gesellschaft entfaltet sich die Technik in gewisser Hinsicht mit einer zwingenden Eigengesetzlichkeit und produziert beabsichtigte wie unbeabsichtigte soziale Strukturen und Institutionen; es entstehen hier Automatismen und Zwänge, welche dem Menschen sich nicht nach Belieben fügen und ihrerseits ihm Anpassung abnötigen. Aber auch gegenüber diesen Strukturen ist nicht nur Anpassung zu leisten, sondern ebenso sehr produktive Distanz. Denn nur aus ihrer Perspektive ist die sinnvolle, zukunftsbezogene Strukturveränderung der Gesellschaft möglich. Aus der Distanz zu der von ihm selbst produzierten Welt vermag der Mensch zu begreifen, daß er noch mehr ist als der Produzent seiner Existenzbedingungen und damit seiner selbst, daß er also über alle erreichten und vorgestellten Ziele hinaus Zukunft hat.

Den Menschen immer wieder aus der Konformität der Anpassung in die Distanz zu rufen, ist ureigene Tendenz des christlichen Glaubens. Darum konstatiert Ellul, daß die schlechteste Sozialethik diejenige sei, die dem Menschen vorspiegele, daß Fortschritt und technologische Evolution in sich selbst schon gut seien und daß man sich ihrer Dynamik einfach anvertrauen könne. Angesichts der Ambivalenz allen Fortschrittes werde der Mensch nur bestehen, wenn er neben der überlegten Anpassung jene Distanz durchhalte, welche erlaube, inmitten der Eigengesetzlichkeiten ethische Alternativen zu entdecken und die Realisierung der besseren Möglichkeiten zu erstreben. Nicht das einfache Vertrauen in die Durchsichtigkeit des natürlichen und gesellschaftlichen Universums fördere den Fortschritt; es sei vielmehr das Reagieren auf die Ambivalenz der Technik, das dem Menschen die Entscheidung für die besseren Möglichkeiten der Zukunft und damit den wahren Fortschritt abfordere.

Elluls Kritik der technischen Evolution berührt sich eng mit einigen neo-marxistischen Einsichten. Der Vorwurf, daß die gegenwärtige spätkapitalistische Gesellschaft die totale Anpassung produziere, wurde von Richard Shaull in der Genfer Diskussion unter Hinweis auf Herbert Marcuse erhoben. Für Marcuse dient die Technik dazu, neue, wirksamere und angenehmere Formen sozialer Kontrolle einzuführen und der Anpassung totalitäre Züge zu geben; denn die Integration in den technisch-ökonomischen Produktionsprozeß und in das ihm entsprechende gesellschaftliche Herrschaftssystem bringt auch die Angleichung der Bedürfnisse, Wünsche und tiefsten Antriebe des Menschen hervor[15]. Durch die »repressive« Befriedigung der Bedürfnisse aber wird die Negation des Bestehenden gelähmt und die Chance der Gewinnung einer qualitativ besseren Zukunftsgesellschaft vereitelt. Charakteristisch für Marcuse ist es, daß er im Gegensatz zu Ellul keine gegenwärtige Vermittlung zwischen Anpassung und Distanz herbeiführt, daß er keine sinnvolle Beziehung zwischen Anpassung und künftigem Freiwerden zugesteht. »Die kritische Theorie der Gesellschaft besitzt keine Begriffe, die die Kluft zwischen dem Gegenwärtigen und seiner Zukunft überbrücken könnten; indem sie nichts verspricht und keinen Erfolg zeigt, bleibt sie negativ.« Die einzige Form, in welcher das Hervortreten der Distanz gegenüber der Anpassung möglich wird, ist daher die Negation als kritische gesellschaftliche Theorie, die »Große Weigerung« als persönliche Haltung, und der Protest wie die Provokation als öffentliche Form[16].

15. Vgl. Der eindimensionale Mensch, S. 18f., S. 26–29 und öfter.
16. A.a.O., S. 268.

Die Resignation gegenüber der realen Veränderung gesellschaftlicher Verhältnisse gründet für Marcuse in dem geschichtlichen Auseinandertreten der beiden politischen Faktoren, welche die Bedingung der Möglichkeit neuer Freiheit sind: das fortgeschrittenste Bewußtsein der Menschheit und ihre ausgebeutetste Kraft treffen in der Gegenwart nicht zusammen. Das fortgeschrittenste Bewußtsein wird offensichtlich von der kritischen Theorie der Gesellschaft repräsentiert, die ausgebeutetste Kraft von den Völkern der Dritten Welt und – innerhalb der Industrienationen – von den Arbeitslosen, Arbeitsunfähigen, den Verfolgten anderer Rassen und anderer Farben. Die ausgebeutetsten Kräfte, also z. B. die breiten Volksmassen in Südamerika, sind für Marcuse kein Proletariat, das – im Bündnis mit dem fortgeschrittensten Bewußtsein von Intellektuellen – als Subjekt der Revolution in Frage käme. Darin liegt das Hoffnungslose, dem er nur mit der »Großen Weigerung« begegnen mag.

Aber wird Marcuses Analyse der Gesellschaft eben darum, weil er keine Vermittlung von Anpassung und Distanz, von Bestehendem und Zukünftigem zuläßt, nicht selbst »totalitär«? Eben von dieser Voraussetzung aus muß ihm die »technologische Gesellschaft« als ein geschlossenes Herrschaftssystem erscheinen – ohne reale Chancen für gegenwärtige und künftige Freiheit. Er hat kein Interesse an den Strukturen und Prozessen der Gesellschaft, welche die Reform Schritt für Schritt in die Zukunft hinein vorantreiben könnten, an den Widersprüchen und Ungleichgewichtszuständen innerhalb der Systeme, welche den Ansatzpunkt für Veränderungen bieten können. Er hat darum auch kein Auge für jene außerordentlichen Möglichkeiten der Technik, die Mesthene – gewiß in enthusiastischer Einseitigkeit – hervorgehoben hat. Marcuse verzweifelt an der Aussicht auf jene Vermittlung; dieser Resignation gibt seine Gesellschaftsanalyse Ausdruck.

Der Preisgabe der Hoffnung auf realen, humanen Fortschritt widerspricht Ellul, indem er produktive Anpassung an die Gesellschaftsprozesse und kritische Distanz zu ihnen miteinander vermittelt denkt. Daß inmitten aller Zwänge zur konformistischen Anpassung dennoch eine auf die soziale Realität bezogene Distanz möglich und geboten ist, wird für Ellul aus der Weltdistanz des christlichen Glaubens evident. Das Existieren in dieser Distanz soll dazu inspirieren, die Alternativen im Ablauf technischer und sozio-ökonomischer Prozesse zu erkennen und sich sinnvoll zu entscheiden; es ist keine resignative, sondern eine produktive Distanz.

4. Die Auflösung der Alternative

Unsere Analyse kommt zu dem Ergebnis, daß der technische Prozeß, unbeschadet seiner gewaltigen Dynamik, keineswegs kraft der ihm innewohnenden Tendenzen eine freiere Gesellschaft, eine Annäherung der Entwicklungsländer und der Industrienationen, ein humaneres Universum hervorbringt. Gewiß kann die Produktionskraft der Technik die physische Abhängigkeit des Menschen von der Natur in ihrer rohen Vorhandenheit lockern, gewiß kann sie den Zwang zu schwerer physischer Arbeit und die Not der Armut überwinden; zweifellos liefert sie durch neue Erfindungen starke Anstöße zur ständigen Veränderung der Gesellschaft. Aber alle diese Impulse der Technik schlagen ins Negative um, wenn die Strukturen der Gesellschaft auf Stagnation und Repression hin angelegt sind und daher einen umfassenden Fortschritt hemmen. Die virulenteste technische Evolution kann also das nicht ersetzen, was die Aufgabe politischer und sozioökonomischer Umwandlung ist. Dieses Ergebnis soll kurz an der gegenwärtigen Weltlage demonstriert werden.

Die technisch-wissenschaftliche Produktivität der Industrienationen verheißt zweifellos der ganzen Weltbevölkerung ungeahnte neue Lebensmöglichkeiten; sie wird annähernd groß genug sein, um allen Menschen Nahrung, Wohnung und Kleidung zu geben und alle vitalen Bedürfnisse zu befriedigen. Aber die Früchte dieser eminenten Produktivität werden weitgehend verzehrt durch das herrschende System internationaler Beziehungen, das immer noch auf effektive Kriegsdrohung, Abschreckungskapazität und militärische Erpressung hin angelegt ist. Kriegstechnik und Gesellschaftsverfassung sind nach wie vor unlösbar ineinander verwoben und blockieren mehr als alles andere die produktive Weiterentwicklung zu größerer Freiheit und humaneren Lebensbedingungen. Wenn auch die beiden Großmächte UdSSR und USA während des letzten Jahrzehntes es geschafft haben, den Zustand unkalkulierbarer Feindschaft und totaler gegenseitiger Vernichtungsdrohung durch rationale Regulierung zu überwinden, wenn innerhalb ihrer kalkulierten Gegnerschaft die Komplizenschaft gewichtiger Interessen zugenommen hat, so bleiben doch auch in diesem relativen Gleichgewichtszustand die militärischen Aufwendungen zu hoch – und sie werden durch die Frontstellung gegen China weiter in die Höhe getrieben. Für produktive innergesellschaftliche Investitionen und für Aktionen zur Überwindung des Gegensatzes zwischen den Industrienationen und den Entwicklungsländern fehlen die Mittel so sehr, daß aus diesen Mängeln Subversion und unkontrollierbare Revolutionen hervorgehen müssen. Die Verantwortung dafür ist freilich nicht der Technik aufzubürden, sondern liegt in den politischen und gesellschaftlichen Strukturen, welche zu einer Fehlinvestition der vorhandenen Mittel führen[17].

Dennoch ist der eingangs erörterten These von *André Philip* zuzustimmen: Revolutionen, die das Produktionssystem der Industrienationen von Grund auf erschüttern, sind keine zureichende Lösung; durch ihre Folgen werden große Bevölkerungsteile der Entwicklungsländer dem Hungertod preisgegeben, und nach den Revolutionen kehren häufig die alten Probleme wieder, nur in veränderter Gestalt. Das hatte auch Lenin erfahren, als er am 16. Mai 1921 schrieb: »Man kann den Zaren verjagen, die Grundbesitzer, die Kapitalisten. Das haben wir getan. Aber den Bürokratismus ›verjagt‹ man nicht. Man kann ihn nur durch geduldige und stetige Arbeit verringern.« Bürokratie aber sollte man in dieser Äußerung durchaus als Gesamtbezeichnung für die negativen Zwänge nehmen, die politischen, ökonomischen und gesellschaftlichen Strukturen innewohnen.

Wenn aber die sachgerechte Verwandlung der politisch-gesellschaftlichen Strukturen durch Revolutionen nur ausnahmsweise, d. h. unter extremen Bedingungen erreicht werden kann, und wenn die vom technischen Prozeß ausgehenden Anstöße nicht von sich aus die Erneuerung der Gesellschaft herbeiführen können, wo ist dann ein Ansatzpunkt zur Verwandlung der Verhältnisse zu finden?

Es sind zwei Kriterien, die – in weltumfassender Weise – unsere Gegenwart von vergangenen Zeiten unterscheiden. Einmal setzt sich die Erkenntnis durch, daß die künftigen Strukturen menschlichen Zusammenlebens nicht einfach als geradlinige Fortsetzung alter Tradition gedacht werden können, sondern neu konzipiert werden müssen. Die Zukunft hat in diesem gesellschaftlich begründeten Schritt des Bewußtseins ein bisher unbekanntes Übergewicht bekommen. Zum andern wächst die Einsicht, daß alles gesellschaftliche Leben heute der Übersetzung von wissenschaftlich-technischer Theorie in die Praxis bedarf und daß diese Übersetzung in methodisch durchdachter Weise möglich ist. Die wissenschaftliche Ratio-

17. Vgl. dazu: Nichtverbreitung von Kernwaffen. Ein Problem der Friedenssicherung (Beiträge von *L. Raiser, J. Seetzen, D. Gupta, J. R. Schlesinger, A. Kramish, C. F. v. Weizsäcker, G. Howe*), besonderes S. 106ff., S. 158ff.

nalität ist damit als die entscheidende Gestaltungsmacht der Gegenwart ins allgemeine Bewußtsein getreten.

Der Einwand, daß das politische Weltgeschehen heute so irrational abläuft wie eh und je, ist zwar weitgehend richtig; dennoch widerlegt er nicht die Tatsache des Bewußtseinswandels. Denn das neue Bewußtsein fordert, daß die Regulierung der politisch-gesellschaftlichen Prozesse durch wissenschaftlich-technische Erkenntnis erfolgen solle, auch wenn die Gegenwart dieser Forderung nicht – noch nicht – entspricht. Für die Begründung dieser Forderung gibt es in allen Ländern eindrucksvolles Anschauungsmaterial.

Ist aber die heutige wissenschaftliche Rationalität dem Anspruch, der an sie gestellt wird, gewachsen? Hat der Wissenschaftsprozeß in sich selbst jene Rationalität, die erforderlich ist, um eine von Wissenschaft und Technik geleitete Prozeßregulierung rational durchsichtig zu machen? Die Frage ist nur im Blick auf die Wissenschaften selbst zu entscheiden. Der Prüfstein liegt, wie mir scheint, in dem Verhältnis der wissenschaftlichen Fachrichtungen und Disziplinen zueinander, also ihrer Fähigkeit oder Unfähigkeit zur methodischen Kooperation. Die Wissenschaften können nur dann rational regulierend in den gesellschaftlichen Prozessen wirken, wenn sie in sinnvoller Zuordnung zueinander operieren.

Stellt man die Frage so, dann stößt man auf ein gefährliches Defizit. Zur Kooperation miteinander fehlen den meisten Wissenschaftszweigen die entscheidenden Voraussetzungen. Mögen die speziellen Wissenschaften auch im eigenen Fachbereich höchst rational operieren, so bleibt doch ihr Zusammenwirken miteinander vorwiegend okkasionell, ja geradezu irrational[18]. Diese Irrationalität aber geht unmittelbar aus dem Felde der wissenschaftlichen Theorie in das der gesellschaftlichen Praxis über.

Wenn die Wissenschaften dem Anspruch des neuen Bewußtseins genügen wollen, so werden sie zu einer Erneuerung und Erweiterung ihrer eigenen methodischen Grundlagen vordringen müssen. Eine Verantwortung drängt sich ihnen hier auf, wie sie in der Tradition der Wissenschaften bisher nicht hervorgetreten ist: die Verantwortung für gemeinsam

18. Vgl. zu diesem Problem z. B. *Thomas S. Kuhn*: Die Struktur wissenschaftlicher Revolutionen, 1967, S. 210ff.; *Karl Ulmer* (Hg.): Wissenschaften und die Wahrheit. Ein Rechenschaftsbericht der Forschung, 1966, S. 7ff. und S. 201ff.; *Carl Friedrich von Weizsäcker*: Die Tragweite der Wissenschaft, I. Band, 1964, S. 1–16 und S. 173ff.

durchdachte Welt- und Gesellschaftsveränderung. Es ist evident, daß nur im planvollen Zusammenwirken von Wissenschaft und Technik die elementaren Lebensbedingungen der heutigen und der künftigen Weltbevölkerung geschaffen werden können. Die größte denkbare Revolution wäre es, wenn es in wenigen Generationen gelänge, eine Gemeinsamkeit wissenschaftlicher Rationalität in den Entwicklungsländern wie in den Industrienationen zu gewinnen. Erst sie wäre die Basis für jene planmäßigen Innovationen, die in allen Gesellschaften notwendig sind, soll gemeinsames Überleben möglich werden. Wissenschaftlich-technisches Erkennen und Handeln würde sich dann ausrichten müssen auf jene »einzige Utopie, die alle anderen Utopien in sich enthält, nämlich die Utopie des Weltfriedens«[19]. Nur durch die Vorwärtsentwicklung der Wissenschaften kann die falsche Alternative zwischen technischer und sozialer Revolution überwunden werden; denn nur sie können angesichts des immer schärferen Zwanges zur Planung ermöglichen, daß wirksame Maximen der Freiheit der Planung selbst zugrunde gelegt werden.

5. Theologische Erwägungen

Die falsche Alternative von technischer und sozialer Revolution habe ich nicht durch theologische Aussagen aufgelöst, sondern mit rationalen Argumenten oder – wie der Theologe zu sagen pflegt – mit Argumenten der weltlichen Vernunft. Die biblische Botschaft enthält keine Weisungen, wie die Strukturprobleme einer wissenschaftlich-technischen Welt zu lösen sind. Aber sie enthält Aussagen, die für das Verstehen dieser Aufgaben und für das Verhalten zu ihnen erhebliche Bedeutung haben; denn die Sorge für die Lebensmöglichkeiten des Mitmenschen gehört wesentlich zu den Wirkungen des christlichen Glaubens, der danach drängt, in der Liebe tätig zu werden[20]. Wie die Verantwortung des Christen für den Mitmenschen und für die sein Leben ermöglichenden Strukturen konkret wird, das verdeutlicht die biblische Botschaft an Beispielen, die er sozialen Lage vor annähernd 2000 Jahren angehören. Unser Abstand zu dieser Zeit ist

19. Vgl. *Georg Picht*: Prognose, Utopie, Planung. Die Situation des Menschen in der Zukunft der technischen Welt, 1967, S. 39–42; sowie *Günter Howe* und *Heinz Eduard Tödt*: Frieden im wissenschaftlich-technischen Zeitalter. Ökumenische Theologie und Zivilisation, 1966, S. 32ff. und S. 47ff.

20. Vgl. *Matthäus 7, 12; Römer 13, 7 und 13, 8–10; Jakobusbrief 2, 14–22.*

groß. Wollen wir heute dem Geist der biblischen Botschaft Raum geben, so müssen wir die Intention dieser Beispiele in die neuen Bedingungen unserer Zeit übertragen.

In der christlichen Tradition hat man immer wieder versucht, das eigene Verhalten in dieser Welt an Strukturen zu orientieren, die man als Stiftungen des Schöpfers verstand. Man setzte – in Übereinstimmung mit antiken Vorstellungen – voraus, daß die entscheidenden lebensermöglichenden Strukturen unserer Welt vom Schöpfer gegeben seien, und entwickelte von dieser Voraussetzung aus die Gedanken des Naturrechtes und die entsprechenden ethischen Verhaltensweisen. Die Relativierung des Naturbegriffes in der modernen Wissenschaft[21] und die Probleme der modernen industriellen Welt machen deutlich, daß der Mensch sich nicht auf vorgegebene Ordnungen verlassen kann, sondern, um der Lebensermöglichung für seine Mitmenschen willen, selbst neue Strukturen finden und entwickeln muß. Dieser Tatbestand hat erhebliche theologische Bedeutung; er impliziert nicht mehr und nicht weniger als die Unerkennbarkeit eines Gottes, den man als Schöpfer der vorliegenden natürlichen Ordnungen verstand und als rational faßbaren metaphysischen Weltbildner interpretierte.

Heute fällt dem Menschen die Verantwortung zu, »Demiurg« seiner Umwelt zu sein und selbst seiner Gesellschaft die lebensermöglichenden Grundstrukturen einzuprägen. Der Christ lernt es allmählich, dieses Verändern und planvolle Gestalten des gesellschaftlichen Universums als Handeln im Auftrag Gottes zu verstehen. Diese Wendung bedeutet, um einen Ausdruck Kants zu verwenden, nun in der Tat eine »Revolution der Denkungsart« in der Theologie. Sie stellt vor Aufgaben, die offenbar nicht leicht begriffen werden können; denn nun ist Gottes Schöpfung nicht mehr einfach als das zu verstehen, was bereits vorliegt, sondern als das, was Gott unter Mitwirkung des Menschen in der Zukunft hervorbringen will. Von der Welt der nächsten Zukunft aber, die nach dem Willen Gottes durch das Handeln des Menschen werden soll, haben wir kein klares Bild. Wir vermögen zunächst nur in den gegenwärtigen Verhältnissen lebenshemmende Strukturen und Faktoren zu erkennen und ihre Überwindung anzustreben. Das ist nur möglich, wenn wir die unerträglichen Antagonismen der Gegenwart in die Zukunft hinein vermitteln. Darum müssen

21. Vgl. oben S. 76 die Aussage von *Werner Heisenberg* zum Begriff der Natur in den exakten Wissenschaften.

Wissenschaft und Technik als weltverändernde Kräfte ihre Projekte antizipierend und prognostizierend entwerfen.

Aber je größer die Fähigkeit antizipierenden Entwerfens wird, um so dringlicher wird die Frage nach dem künftigen Menschen, auf den hin dieses alles geschieht. Der Mensch hat es nicht nur übernommen, seine eigenen Lebensbedingungen zu produzieren, sondern es fällt auf ihn auch die Verantwortung für den künftigen Menschen, der im Kontext der neuen Lebensbedingungen ein verändertes Wesen sein wird. Damit aber wird die Frage nach dem wechselseitigen Zusammenhang zwischen den wissenschaftlich-technisch zu entwerfenden Lebensstrukturen und dem kommenden Menschen zum Problem erster Ordnung. Die unvermeidliche Planung der Lebensbedingungen für die Weltbevölkerung wird immer wieder in die Versuchung geraten, den total angepaßten, den konformistischen Menschen in ihre Rechnung einzusetzen. Sehr viel schwerer tut sie sich, wenn sie den Menschen ins Auge faßt, der ohne weite Spielräume der Freiheit und der Spontaneität nicht wirklich zu leben vermag. In der Wahrnehmung seiner Verantwortung für die Schaffung lebensermöglichender Strukturen stößt daher auch der durch und durch »rationale« Planer von Zukunft auf die Frage, mit welchem Menschen er zu rechnen hat und was am Menschen der nächsten Zukunft als wesentlich gelten muß.

Theologie versteht den Menschen als den Gegenstand der spontanen göttlichen Liebe und zugleich als das noch völlig offene »Experiment Gottes«[22]. Sie gibt der Freiheit des Menschen einen unaufhebbaren Rang, weil Gott die Freiheit des Menschen will; genauer: weil Gott, um neue Freiheit für den an sich selbst und die Weltbedingungen verknechteten Menschen heraufzuführen, in Jesus Christus der Menschheit neu begegnet. Theologie versteht die Möglichkeiten und das Wesen des Menschen also aus der Beziehung heraus, die zwischen dem um sein Geschöpf leidenden Gott und dem vom Vergebungswort angerührten Menschen sich eröffnet; und sie kann es nicht lassen, zu dem auf die Produktion künftiger Lebensbedingungen gerichteten Homo faber davon zu sprechen, wie sich ihr das Wesen des künftigen, des wahren Menschen erschließt.

22. »Der Mensch – das Experiment Gottes« ist der Titel eines Buches von 1966, in dem *Hans-Rudolf Müller-Schwefe* Probleme theologischer Anthropologie behandelt.

5. Die Ambivalenz des technischen Fortschritts als Herausforderung für die christliche Theologie

Der folgende Vortrag wurde auf der Frühjahrssynode 1977 der Evangelischen Landeskirche in Baden gehalten. Das Generalthema der Tagung in Bad Herrenalb hieß für den 21. April: »Die Kernenergie-Problematik – ein Prüfstein für die christliche Verantwortung im technisch-industriellen Zeitalter.« Die Badische Landessynode war durch die jahrelangen Auseinandersetzungen um das geplante Kernkraftwerk Wyhl besonders betroffen. Zur Ermöglichung einer begründeten Stellungnahme erbat man Expertenvorträge von Professor Dr. Klaus M. Meyer-Abich, Universität Essen, und Dr. Manfred Fischer, Physiker am Institut für Systemtechnik und Innovationsforschung Karlsruhe. Von meinem Vortrag erwartete man, daß er die Fachprobleme in den weiteren Horizont einer theologisch-ethischen Urteilsbildung einbringen würde und die Frage klären könnte, ob ein kirchliches Engagement in den weltlichen Fragen der Energieversorgung legitim sei. Nachdem am Abend dieses Tages in einer dreistündigen Podiumsdiskussion noch einmal Befürworter wie Gegner eines weiteren Ausbaues der Kernkraftwerke zu Wort gekommen waren, nahm die Synode schließlich mit großer Mehrheit ein »Wort« zur Kernenergieproblematik an. Der Vortrag wurde u. a. in den »Mitteilungen« für Mitarbeiter der Evangelischen Landeskirche in Baden, 5/1977, 8–14, veröffentlicht. Den Synodalen waren vorher kurze Thesen in die Hand gegeben worden. In dem vorliegenden Abdruck stehen diese Gliederungsthesen dem jeweiligen Abschnitt voran.

1. Die Kernenergie als aktuelles Beispiel der Ambivalenz

1.1 *Die Erwartung der sechziger Jahre: Mit der Reaktorenergie wird das weltweite Energieproblem auf unabsehbare Zeit gelöst sein; Gefahr besteht nur bei der militärischen Verwendung der Kernenergie.*

Hohe Synode! Es ist noch gar nicht lange her, daß die Öffentlichkeit auf die Entwicklung der Kernenergie die allergrößten Hoffnungen setzte. 1968 wurde mit einem Geleitwort des Ratsvorsitzenden der EKD eine Studie über den Vertrag zur Nichtverbreitung von Kernwaffen veröffentlicht. Sie war von meinem Freund *Günter Howe* mit größter Sorgfalt verfaßt. Alle damals erreichbare technische, mathematische, physikalische, abrüstungstechnische Expertise war herangezogen worden. Die Studie ging davon aus, daß die Kernreaktoren der zweiten Generation, nämlich die Schnellbrutreaktoren, Ende der siebziger Jahre ihre industrielle Reife erreicht haben würden. Dann, so meinte man, sei das Energieproblem auf praktisch unabsehbare Zeit gelöst. Man könne dann den Ländern der Dritten Welt einen Dienst von ungeheurer Bedeutung tun, nämlich sie billig mit der Energie aus Reaktoren beliefern und ihnen damit eine entscheidende Voraussetzung für den Kampf gegen Hunger und Armut bereitstellen. Das Hauptproblem sei die Gefahr der militärischen Verwendung von Kernenergie. Howe schrieb 1968: »Der Reaktor bezeichnet gleichsam die Nahtstelle zwischen Krieg und Frieden. Derselbe Reaktor, der uns eine auf die Dauer unentbehrliche zusätzliche Wärmeenergie für unsere Stromversorgung liefert, brütet zugleich das Plutonium aus, das sich zwar wiederum zu friedlichen Zwecken verwenden läßt, das aber auch zur Füllung einer Atombombe dienen kann.« (»Nichtverbreitung von Kernwaffen«, Forschungen und Berichte der Evangelischen Studiengemeinschaft Band 22, 1968, Seite 109.) Angesichts dieser doppelten Möglichkeit kämpfte Howe mit vielen anderen um den Vertrag über die Nichtverbreitung von Kernwaffen. Unter Vermeidung der militärischen Gefahren wollte man freie Bahn schaffen für die friedliche Verwendung der Kernenergie.

1.2 *Die Befürchtung der siebziger Jahre: Eine massierte Kernenergieproduktion könnte langfristig die Grundlagen derselben Gesellschaft untergraben, für deren Aufbau sie die erwünschte Energie liefert.*

Heute, neun Jahre später, ist die militärische Seite der Kernenergie immer noch oder noch mehr ein bedrohliches Problem. Das deutsche Kernenergiegeschäft mit Brasilien hat das deutlich gemacht. Aber heute knüpfen sich auch an die sogenannte friedliche Produktion von Kernenergie die hintergründigsten Ängste und die größten politischen Leidenschaften. Die einen sagen: Ohne weitere Kernkraftwerke kein Wirtschaftswachstum, und das heißt Massenarbeitslosigkeit, Zerrüttung unseres Sozial- und Rechtsstaates, also Ende der Demokratie. Und die anderen meinen: Mehr Kernkraftwerke in unseren bevölkerungsreichen, überindustrialisierten Ballungsgebieten heißt unerträgliche Umweltbelastung zum Beispiel durch Erwärmung der regionalen Atmosphäre; es heißt unvertretbares Gefahrenrisiko im Blick auf Terroristen, Unfälle und Ausnahmezustände. Langfristig zerstört die Kernenergie die gleiche Gesellschaft, für deren Aufbau sie die erwünschte Energie liefert. Sorgen und Ängste, Expertenberechnungen und politische Aktionen also auf beiden Seiten.

Damit haben wir die Ambivalenz der Technik klar vor Augen. Zunächst zeigte die Kernenergie nur ihre überaus weitreichende Nutzenseite. Nun tritt schockartig die mögliche Schadenseite in unser Bewußtsein. Wir laufen Gefahr, diese Seite einfach nicht ernst nehmen zu wollen, und das heißt, die noch ungelösten Probleme von vornherein für technisch lösbar zu halten, oder aber auf die eminenten Gefahren mit tiefer Angst zu reagieren, ohne Alternativen auszuarbeiten.

1.3 *Die Grenzen der Ressourcen und der Belastbarkeit der Erde nötigen uns, die Ambivalenz der Technik überhaupt – und von daher die Probleme der Energietechnik – neu zu durchdenken.*

Wenn man früher von der Ambivalenz der Technik sprach, dann hatte man vor allem die sozialen Folgen und die seelisch-moralischen Konsequenzen einer technisch durchorganisierten Welt im Sinn. Das letzte Jahrzehnt aber hat uns eine geradezu revolutionäre Erkenntnis gebracht, nämlich die, daß die Natur, die wir technisch bearbeiten und verarbeiten, nicht unerschöpflich ist, sondern in mancher Hinsicht schon an der Grenze der Erschöpfung ankommt. Keine Form der Technik hat bisher darauf Rücksicht genommen, daß der Vorrat an Rohstoffen begrenzt ist und die Umwelt nicht ins Unendliche weiter mit Abfällen und Schadstoffen belastet werden kann. Von diesen Grenzen hätten wir schon längst etwas wissen können; es ist tief beunruhigend, daß solche Erkenntnisse so lange verdrängt oder abgewehrt werden konnten. Erst die Ölkrise von 1973 hat das öffentliche Bewußtsein einigermaßen wachgerüttelt. Jetzt fragen wir: Ist der weitere Aufbau der Kernenergieproduktion als einer gigantischen Großtechnik vereinbar mit unserer neuen Einsicht, daß die Grenzen unseres Planeten respektiert werden müssen? Wir stellen die Frage in einer Situation, in der jedermann wissen kann, daß die Energieversorgung ein Schlüsselproblem, ja geradezu ein Überlebensproblem der Industriegesellschaft ist. Wollen wir uns hier vor kurzschlüssigen Urteilen und Entscheidungen hüten, dann ist es gut, die wenige Jahrzehnte alte Kernenergietechnik auf dem Hintergrund der Geschichte der neuzeitlichen Technik zu befragen und zu beurteilen.

2. Der Anteil des Christentums an der ambivalenten Geschichte neuzeitlicher Technik

2.0 *Im Begriff der Technik als planvoller, maschinell organisierter Bearbeitung der Natur müssen wir berücksichtigen, daß der Mensch selbst Teil der von ihm bearbeiteten Natur ist.*

Als Technik bezeichnen wir die planvolle, maschinell organisierte Bearbeitung der menschlichen Umwelt mit dem Ziel, die Bedürfnisse und Wünsche des Menschen zu befriedigen. Wir wollen gleich hinzufügen, was in fast allen Technikdefinitionen bisher vernachlässigt wurde: Technik ist die Bearbeitung jener Natur, welcher der Mensch nicht bloß gegenübersteht, sondern deren Teil er selbst ist. Bearbeitet der Mensch die Natur, so wirken die Folgen auch auf ihn selbst – als Teil dieser Natur – ein. Technische Naturveränderung verändert auch vieles am Menschen. Man kann diesen Zusammenhang als kybernetischen Regelkreis darstellen.

Meist wird behauptet, Technik sei angewandte Wissenschaft. Aber neuere Untersuchungen zeigen, daß die technischen Erfindungen oft den wissenschaftlichen Entwicklungen vorausgingen, ihre Schrittmacher waren. Jedenfalls gibt es eine so enge Verflochtenheit, daß wir mit Recht von der technisch-wissenschaftlichen Welt der Neuzeit reden.

2.1 *Die Technik hat Milliarden Menschen von vielen lebenseinengenden Abhängigkeiten befreit. Es gibt keinen Weg zurück in eine untechnische Welt.*

Mit allem Nachdruck muß nun zunächst die Lichtseite der Technik, ihre lebensfördernde Kraft, hingestellt werden. Seit dem Mittelalter sind Technik und Wissenschaft als Kräfte verstanden worden, die den Menschen aus Abhängigkeiten von der Natur befreien. Der Mensch ist von den Früchten und Vorräten der Erde direkt und indirekt abhängig, aber die Fruchtbarkeit läßt sich steigern, der Hunger kann besiegt werden. Der Mensch ist an Raum und Zeit gebunden, aber das Schiff mit dem Magnetkompaß durchmißt zielstrebig die Weltmeere, das Teleskop durchdringt den Sternenraum und die Wissenschaft durcheilt die Zeit nach rückwärts und nach vorwärts. Der Mensch ist auf seine bescheidenen körperlichen Kräfte als Arbeitskraft angewiesen, aber die Kräfte von Wasser, Wind und Dampf und anderem vervielfältigen die Muskelkraft. Der Mensch ist tausend Krankheiten unterworfen, die sein Leben beeinträchtigen und verkürzen, aber wer die Naturgesetze erforscht, der kommt auch den Krankheiten auf die Spur. So ist in der Tat die Entwicklung von Wissenschaft und Technik eine Befreiungsgeschichte, die in harter Arbeit vorangetrieben wurde und deren Segnungen wir alle, meist unwissend und undankbar, genießen. Milliarden Menschen verdanken die Tatsache, daß sie leben, den Ergebnissen der Technik. Wir können uns nicht mehr in eine untechnische Welt zurückbegeben, ohne große Teile der Menschheit sterben zu lassen, und müssen daher die Verantwortung für die Gestaltung der wissenschaftlich-technischen Welt auf uns nehmen.

2.2 *Christlicher Schöpfungsglaube hat das Aufkommen von Technik und Naturwissenschaft – allein im Abendland – mit ermöglicht: einmal durch die Entsakralisierung der Erde und das dominium terrae; zum andern durch das Prädikat »gut«, das auch den materiellen Dingen vom Schöpfer selbst beigelegt wird.*

Immer wieder ist die Frage erörtert worden, warum eine planmäßige, eine systematische technisch-wissenschaftliche Weltgestaltung nur im christlichen Abendland initiiert worden ist, obwohl in vielen anderen Hochkulturen, wie zum Beispiel der chinesischen oder arabischen, auch alle Voraussetzungen dafür gegeben waren. Offensichtlich hat dabei die christliche Lebensorientierung eine wesentliche Rolle gespielt. Mit Recht wird hingewiesen auf den Auftrag, der im biblischen Schöpfungsbericht dem Menschen zuteil wird. Er soll die Erde füllen und sie samt allem Getier und der Pflanzenwelt sich untertan machen. Das ist das Mandat zum sogenannten dominium terrae von 1. Mose 1,26–28. Man muß dabei bedenken: Nahezu alle Religionen pflegen die numinose Scheu vor der Verletzung der Mutter Erde, also vor den menschlichen Eingriffen in die Natur. Man sah und sieht die Natur durchdrungen von göttlichen Kräften. Der jüdisch-christliche Schöpfungsglaube nimmt ihr diese Sakralität. Alle Heiligkeit liegt beim Schöpfer, nicht bei dem, was er geschaffen hat. Dieses dient nur den Zwecken des Schöpfers, und der Mensch soll das Geschaffene bearbeiten und verwerten. Die Entsakralisierung, der Abbau der numinosen Scheu ist also eine, ist die christliche Voraussetzung für das Aufkommen der technisch-wissenschaftlichen Weltgestaltung.

Aber für sich genommen ist dieser Gesichtspunkt einseitig. Wie er ergänzt werden muß, hat *Carl Friedrich von Weizsäcker* in seinem Buch »Die Tragweite der Wissenschaft« (1964) deutlich gemacht. Zu Beginn der Neuzeit war das christliche Abendland durchdrungen von antiker Philosophie und Naturwissenschaft. Deren Grundeinstellung zufolge war die materielle Welt etwas, was tief unter der geistigen Welt steht, nahezu ein Nichts, das vom Geist, von der Erkenntnis nicht durchdrungen werden kann und soll. Der christliche Schöpfungsglaube aber verbietet solche Abwertung der Materie, verbietet die Verstoßung des Materiellen in eine irrationale, geistfeindliche niedere Welt. Denn es ist ja der Schöpfer, der alle Dinge, also auch die materiellen, gut geschaffen hat, der sogar in seinem eigenen Sohn sich in die materielle, fleischliche Welt hineinbegeben hat. Diese materielle Welt hat also einen Ort und eine Bedeutung in Gottes Handeln, und sie muß daher auch geistig zu durchdringen, sie muß erkennbar sein. Diese christliche Grundüberzeugung war es, die Männern wie zum Beispiel Kepler den Mut gab, in der materiellen Welt – im gestirnten Himmel – die Gedanken des Schöpfers zu suchen und ihre Gesetze zu enträtseln. Der Christ begegnet also der materiellen Welt nicht mit numinoser Scheu wie die meisten anderen Religionen. Aber für ihn hat dennoch die Welt der Dinge als Teil der Schöpfung Gottes ihren unaufhebbaren Wert. Eben diese Einstellung gab den Weg für Naturwissenschaft und Technik frei. Sie waren nicht einfach nur Mittel der Weltbeherrschung, sondern zugleich Wege zur liebevollen Versenkung in die Wunder der geschaffenen Welt.

2.3 *Carl Amerys These von den »gnadenlosen Folgen des Christentums« projiziert ins Christentum hinein, was tatsächlich nur ein Reflex der naturwissenschaftlich-deterministischen Weltanschauung des 19. Jahrhunderts und der Ablehnung des Schöpfungsglaubens ist.*

Man muß diesen Zusammenhang, diese liebevoll-positive Einstellung zum materiellen Teil der Schöpfung im Auge behalten, wenn man sich mit der neuesten Wendung der Christentumskritik auseinandersetzen will. Ich spreche von dem weit verbreiteten Buch des kritischen Katholiken *Carl Amery*, das unter dem Titel »Das Ende der Vorsehung. Die gnadenlosen Folgen des Christentums« 1972 herauskam. Vor Amery und seinen Gesinnungsgenossen hat man dem Christentum meist vorgeworfen, daß es zu wenig zur modernen technisch-wissenschaftlichen Welt beigetragen, daß es immer nur Bedenken gegen die moderne Entwicklung gehegt habe und darum wirkungslos blieb. Amery meint, das Gegenteil sei richtig. Das Christentum habe sehr stark gewirkt; es habe die Welt verändert. Aber wie? Indem es mit dem dominium terrae die aggressive Behandlung der Erde durch den Menschen inszeniert habe. Nach christlichem Verständnis habe sich der Mensch – als Ebenbild Gottes – von der übrigen Schöpfung isoliert und sich zur gnadenlosen Ausbeutung der Umwelt berechtigt gesehen. Diese Einstellung aber ziehe als direkte Folge heute die Umweltkatastrophe nach sich.

Dieses Plädoyer, diese Christentumskritik von Amery hat bei vielen

Leuten, auch bei manchen Theologen, starken Eindruck hinterlassen. Aber schaut man einmal genauer hin, so bleibt Amery für fast alle seine Behauptungen den Beweis schuldig. Er montiert nur einige wenige Äußerungen von heutigen Theologen so, daß sie als ein Beleg für seine Perspektive erscheinen. Besser hätte er sich vielleicht an den vor hundert Jahren wirkenden protestantischen Systematiker Albrecht Ritschl gehalten. Dieser hat in der Tat die geistige Weltüberlegenheit, die sittliche Weltbeherrschung des Menschen als Inhalt des Gottesglaubens und Folge der Versöhnung angesehen. Aber genau das ist eine Reaktion auf den imponierenden Eindruck, den der Siegeszug von Technik und Wissenschaft gegen Ende des 19. Jahrhunderts in Deutschland machte. Im technisch-wissenschaftlichen Weltbild von damals hatte der Schöpfungsglaube keinen Platz mehr, und eben deshalb konnte jene Überschätzung des Menschen entstehen. Der Mensch sah sich jetzt einem unendlichen, aber kalten und feindlichen Universum gegenüber. Er fand, daß die Welt objektiv sinnlos sei, und er meinte, daß er ihr den menschlichen Sinn aufzuprägen habe. Mit der biblischen Aussage, daß die Welt von Gott so geschaffen sei, daß alle Dinge gut wären, hat das nichts mehr zu tun.

2.4 *Mit der Technik als praktischem Tun verbindet sich sekundär eine machtvolle Ideologie der Selbstverwirklichung des Menschen in einem grenzenlosen Fortschrittsprozeß.*

Wollen wir die Rücksichtslosigkeit der technischen Naturbeherrschung und Weltgestaltung verstehen, so müssen wir den Schlüssel zu ihr in den Fortschrittsideologien suchen, welche die abendländische Technik zum Teil schon von ihren Anfängen an begleitet haben. Neben die praktische Arbeit der Lebenserleichterung durch technische Hilfen trat sehr früh eine Ideologie der Technik mit weitgreifenden Zukunftsvisionen. Schon *Roger Bacon*, der um 1219 geboren wurde, sprach von selbstfahrenden Wagen, von Unterwasserbooten, Flugmaschinen und einer gewaltigen Verlängerung des Lebens; er hegte also Visionen, die meist nicht dem unmittelbaren Lebensbedürfnis der damaligen Menschen entsprangen, wohl aber dem phantastischen Drang nach dem Neuen und Unerforschten. In diesen mischte sich noch etwas anderes ein, nämlich die Idee, daß der Mensch sich zum Herrn und Besitzer der Natur aufschwingen müsse. Der Besitzer

– das ist derjenige, der die Welt nicht im Auftrag Gottes verwaltet, der die Güter dieser Welt nicht zum Lehen hat, sondern frei und nach eigenem Gutdünken über sie verfügt. Der Wille zur Macht entpuppte sich bald als Motor im wissenschaftlichen und technischen Fortschrittsgedanken. »Wissen ist Macht« wurde nun die Losung. Aber wozu sollte die Macht dienen? Zu nichts anderem als zur Befreiung aus der Abhängigkeit von dem, was man die »Tyrannei der Materie« genannt hat, daß heißt die Abhängigkeit von den physischen Lebensbedingungen und ihren Folgen.

Die Geschichte des Fortschritts betrachtete man als eine Befreiungsgeschichte, als die Selbstbefreiung des Menschen aus den physischen Bindungen. Die positive Seite dieser Emanzipation sollte die Selbstverwirklichung, Selbststeigerung und Selbstvervollkommnung des Menschen ins Unendliche hinein sein. Diese Ideologie der Selbstverwirklichung widerspricht nun in der Tat dem christlichen Verständnis des Menschen als eines Geschöpfes Gottes, das inmitten der geschaffenen Welt lebt und auf diese angewiesen ist. Niemand hat das schärfer erkannt und formuliert als der junge *Karl Marx* in einem Pariser Manuskript, das unter dem Titel »Nationalökonomie und Philosophie« erst 1932 veröffentlicht wurde. Hier sagt Marx: Nur das Wesen, welches sich selbst sein Dasein verdankt, gilt als ein selbständiges. Es ist das Durchsichselbstsein der Natur und des Menschen, welches den Gedanken der Schöpfung ausschließt. Dieses Durchsichselbstsein des Menschen sah Marx als noch nicht verwirklicht. Es sei das Ziel des Fortschrittsprozesses, in welchem die Technik die große Triebkraft ist. Der Fortschritt könne nicht am Ziel sein, ehe der Mensch als ein völlig selbständiger sich selbst verwirklicht hat.

In dem Dialog von Christen und Marxisten in der zweiten Hälfte der sechziger Jahre erklärte der französische Philosoph *Roger Garaudy*: »Wir Marxisten glauben nicht, daß dem Fortschritt ein Ende gesetzt ist.« Es gelte vielmehr, den Menschenstaat ohne Grenzen gegen die Macht der Vergänglichkeit und des Todes voranzutreiben. Menschenstaat ohne Grenzen – diese Formulierung zeigt den zugrundeliegenden Glauben daran, daß der Mensch sich selbst immer mehr gegen seine Abhängigkeit von der physischen Natur verwirklichen könne, daß die Umwelt des Menschen unbegrenzt plastisch, unendlich formbar sei. Die Auffassung, daß der Mensch immer von den Vorgegebenheiten der materiellen Welt abhängig sein wird, daß er seine Lebenserfüllung nicht in der Emanzipation von ihr, sondern im sinnvollen Zusammenleben mit ihr finden soll, diese Konsequenz des Schöpfungsglaubens wird hier abgelehnt.

2.5 *Einige neuere Theologen haben eine Synthese von christlicher Zukunftserwartung und Fortschrittsglauben versucht, zum Beispiel Teilhard de Chardin. Dem widerstehen aber wesentliche Komponenten christlicher Eschatologie.*

Es schien eine Zeitlang so, als ob auch wichtige Strömungen christlichen Denkens sich an diese Vorstellung von der unendlich fortschreitenden Selbstverwirklichung des Menschen annähern könnten. Die Zitate, die Amery zum Beispiel von Jürgen Moltmann anführt, weisen in diese Richtung. Oft wurde auch ein entsprechender Satz des berühmten katholischen Naturphilosophen *Teilhard de Chardin* angeführt: »Die Synthese des höchsten (christlichen) Gottes und des (marxistischen) Fortschrittsgottes: das ist der einzig wahre Gott, den wir von jetzt ab in Geist und Wahrheit anbeten können.« Und in der Tat hat das Zweite Vatikanische Konzil manches von Teilhards Ideen aufgenommen: Der Mensch soll die Gesetze seiner eigenen Evolution durchschauen, er soll die zielbewußte Evolution seiner selbst im Kosmos in die eigenen Hände nehmen. Möglich wurden solche Thesen dadurch, daß man die christliche Zukunftshoffnung von den Gegebenheiten der Schöpfung ablöste und ein unendliches Transzendieren in eine offene Zukunft hinein proklamierte. Hierbei kam es zu einer Erneuerung des alten Bündnisses von Fortschrittsidee und säkularisierter christlicher Zukunftserwartung (Chiliasmus). Man vergaß dabei mehr oder weniger, daß nach christlichem Verständnis über das Reich Gottes nicht die menschliche Bemühung entscheidet, daß es nicht in der Richtung eines menschlichen Fortschrittsprozesses liegt, sondern, wie die Schöpfung, allein von Gott und seinem aus dem Nichts schaffenden Wort heraufgeführt wird. Beiseite geschoben war also der »eschatologische Vorbehalt«, nämlich die Überzeugung, daß kein weltlicher Prozeß von der Selbstverfehlung des Menschen in der Sünde frei ist, daß also auch dem äußersten Fortschritt eine tiefe Ambivalenz unaufhebbar innewohnt.

2.6 *Albert Schweitzers Ethik der »Ehrfurcht vor dem Leben« ist eine notwendige, aber bisher zu wenig beachtete Konsequenz aus dem christlichen Schöpfungsglauben.*

Indessen sind solche Synthesen nur starke Wirbel an den Rändern der Theologie in den letzten zwanzig Jahren, nicht aber, wie Amery zu unterstellen scheint, Kernüberlegungen. Freilich müssen wir fragen, ob wir Christen unseren Schöpfungsglauben in Klarheit und Entschiedenheit zur Geltung gebracht haben. Es ist etwa fünfzig Jahre her, daß *Albert Schweitzer*, der Arzt und Theologe, seine Ethik der Ehrfurcht vor dem Leben entworfen hat. Sie hat wenig Resonanz in den Kirchen und in der Theologie gefunden. Das ist verständlich, weil Schweitzer sich ein sehr eigenwilliges Bild vom christlichen Glauben und der Zukunftserwartung machte. Und doch hat Schweitzer in bedeutsamer Weise einer modernen Ethik der Schöpfung vorgegriffen. Er entfaltet die ethische Forderung, niemals über das Maß des unbedingt Notwendigen hinaus irgendwelches Leben zu schädigen und ihm Qual zuzufügen. Wir müssen heute die Regel hinzufügen, daß wir auch keine anorganische Natur über das Maß des unbedingt Notwendigen hinaus verändern oder gar zerstören sollten. Alles menschliche Leben lebt von anderem Leben, das ihm geopfert wird. Der Schmerz über geopfertes tierisches und pflanzliches Leben und über zerstörte Natur sollte uns nicht verlassen.

2.7 *Der Mensch in seinem technischen Drang ist rücksichtslos gegenüber der ihn umgebenden Natur und gegenüber seiner eigenen seelischen Konstitution. Im Willen zur Selbstverwirklichung lebt er »nach außen«, während der Glaube lehrt, auferlegtes Leiden oder Erfahren überhaupt »nach innen« – in der Hoffnung auf Gott – zu verarbeiten. Wachsende Ansprüche nach außen und Wirtschaftswachstum bedingen einander wechselseitig und sind zu fundamentalen Regelungsmechanismen unserer Gesellschaft geworden. Sie produzieren einen Lebensstil, der wenig geeignet ist, die uns bevorstehenden Umstellungskrisen zu bewältigen. Diese Krisen sind unvermeidliche Folgen des Anstoßens an Grenzen.*

Die Technik hat noch eine andere, bedeutsame Kehrseite, die wir zu bedenken haben. Der Mensch in seinem technischen Drang ist nicht nur rücksichtslos gegenüber der ihn umgebenden Natur, sondern auch gegenüber seiner eigenen seelischen Konstitution. Wer im technisch-wissenschaftlichen Fortschritt die Selbstverwirklichung sucht, der lebt notwendigerweise »nach außen« und macht sich von den Erfolgen dieses seines Handelns nach außen, in der materiellen Welt, abhängig. Wir kennen aus der Kernenergiedebatte das Argument: Der Reaktorbau muß uneingeschränkt weitergehen, weil wir sonst unseren Lebensstandard nicht aufrechterhalten könnten. Der Lebensstandard – das ist, was nur in der äußeren Welt produziert werden kann; und unversehens ist er von einer notwendigen Bedingung zu einem Ziel erster Ordnung aufgerückt. Aber war das nicht immer so? Nein. Durch Jahrtausende haben die Religionen die Menschen angeleitet, ihren seelischen Innenraum zu erweitern und zu bereichern. Innen, in sich selbst und bei sich selbst sollte der Mensch alles Entscheidende suchen. Das kann gewiß nicht bloß heißen: im einzelnen Menschen. Denn gerade die Innenwelt, die geistig-seelische Welt gewinnen Menschen gemeinsam. Während sie in der Verteilung der äußeren Güter miteinander konkurrieren, indem das, was den einen zukommt, den anderen vorenthalten wird, unterliegt die seelisch-geistige Welt nicht den Folgen der Knappheit. Vielmehr fördert der Reichtum des einen gerade den des anderen. In ihrem seelisch-geistigen Austausch müssen Menschen einander nicht als Konkurrenten sehen; hier kann vielmehr der Mensch den anderen Menschen als seinen größten, als »unendlichen« Reichtum erfahren. Und selbst die Teilnahme an seelischem Leid, am Mangel des anderen erweist sich paradox als Gewinn. Die Endlichkeit des Menschen, die eigene Endlichkeit wird so nicht nur als Schmerz erfahren, sondern auch als Gnade.

Die christliche Sicht des Menschen und der Welt besagt, daß Mangel und Leid unaufhebbare Realitäten des Lebens sind. Darüber hinaus zeigt sie, wie der Mensch erst im Erdulden und im seelischen Verarbeiten von Leiden zu persönlicher Reife und Vollendung kommt. Das Evangelium lehrt einen jeden, sein Kreuz auf sich zu nehmen. Jesus ruft nicht zur Selbstverwirklichung auf, sondern sagt seinen Jüngern (Markus 8,35): »Wer sein Leben gewinnen will, der wird es verlieren. Wer es aber um des Evangeliums willen verliert, der wird es gewinnen.« Nur wer verliert, gewinnt! Diese Paradoxie birgt eine tiefe seelische Erfahrung in sich, die aber dem nur nach außen handelnden Menschen verschlossen bleibt. Menschen, die ein Leid wirklich im Glauben verarbeitet, es angenommen haben, strahlen oft etwas aus, was man bei dem nicht findet, der seine

Konflikte nicht innerlich verarbeiten kann und will, sondern sie stets nach außen verlagert oder sie vergleichgültigt.

Es sind nun freilich nicht die Technik und die Wissenschaft selbst, welche den Menschen nötigen, nach außen zu leben. Der Antrieb dazu kommt eher aus den mit ihnen sich verbindenden Ideologien, die dem Menschen vortäuschen, er könne und müsse sich seine äußere Mitwelt verfügbar machen und dadurch zu sich selbst kommen. Diese Ideologien bestreiten, daß die Innenwelt von eigenständiger Kraft sei. Sie lehren den Menschen, sich bloß als Ensemble der gesellschaftlichen Verhältnisse zu sehen und seine Ziele allein dadurch zu verfolgen, daß er die äußeren Verhältnisse ändert. Die Frage persönlicher Schuld erscheint dann unwichtig; der nach außen lebende Mensch bedarf nicht der Vergebung. Er verlagert eben seine Probleme und Konflikte nach außen, wo sie auf andere Weise »gelöst« werden.

Dadurch verändert sich auch der Umgang des Menschen mit seinen Bedürfnissen. Der christliche Schöpfungsglaube hat niemals die leibliche und seelische Bedürftigkeit des Menschen verdrängt. Gerade als vergängliches, von den Mitkreaturen abhängiges Geschöpf erscheint der Mensch angewiesen auf andere, sinnlich-leiblich-seelisch bedürftig. Aber die christliche Ethik lehrt auch, sich den eigenen Bedürfnissen nicht hemmungslos auszuliefern, sondern sorgsam mit ihnen umzugehen. Zu diesem Umgang mit den eigenen Bedürfnissen gehört auch das, was in der Psychologie unter dem Begriff der »Sublimierung« zur Sprache kommt, nämlich die innere Verarbeitung von Bedürfnissen durch ihre qualitative Überbietung. Die Kraft dieser inneren Welt besteht darin, daß der Mensch in sich selbst findet, was ihm die Außenwelt nicht zu geben vermag, daß ihm als Gabe in anderer Form zuteil wird, was er zu vermissen meinte. Der religionskritische Verdacht, der mit dem Stichwort »Religion als Opium des Volkes« oft formuliert wird, trifft eine religiöse Lebensorientierung nur dann, wenn sie bloß kompensatorische Ersatzbefriedigung für Versagungen enthält. Er trifft nicht die echte Überwindung des Schmerzes der Endlichkeit und des in der äußeren Welt Unerfüllten, also die wirkliche religiöse Freiheits- und Erfüllungserfahrung.

Die Sozialtechniken und Psychotechniken unserer Zeit leiten überwiegend den Menschen an, sich »außen« in der Gesellschaft zu holen, was er nötig zu haben meint. Sie wollen ihn »konfliktfähig« machen, was allgemein als durchsetzungsfähig verstanden wird. Sie stärken seine Ich-Stärke als sein Bewußtsein, Ansprüche an die Gesellschaft zu haben und diese

Ansprüche durchsetzen zu müssen. Diese Einstellung geht auch in die Regeln der Verteilung des Sozialproduktes ein. Wo aber ständig wachsende, nach außen gerichtete Ansprüche entstehen, da bedarf es des wirtschaftlichen und technischen Fortschritts, um diese zu befriedigen. Und umgekehrt sind die ständig wachsenden Ansprüche der Konsumenten auch der Motor, welcher das ökonomische und technische Wachstum antreibt.

Dieses ganze System psychischer und sozialer Regelungsmechanismen aber gerät aus den Fugen, wenn wir auf die Grenzen des Wachstums stoßen. Plötzlich müssen Menschen wieder lernen, mit nur wenig steigendem, gleichbleibendem oder gar minderem Konsum auszukommen; sie müssen lernen, ihre Bedürfnisse nicht mehr expansiv nach außen zu verwirklichen. Und das ist eine Umstellung, vor der sie tief erschrecken – nicht nur die Menschen einzeln für sich, sondern auch und gerade diejenigen, die ihre Interessen wirtschaftlich und politisch vertreten und die durch die Durchsetzung von immer größeren Ansprüchen beweisen müssen, daß sie sich wirklich und effektiv einsetzen. Kurzum, wir sehen, daß der ganze nach außen gerichtete Lebensstil und das Absterben der Verarbeitungsfähigkeit im seelischen Innenraum das exakte Pendant zu den technisch-wissenschaftlichen Fortschrittsideologien ist.

Es liegt auf der Hand, daß sehr tiefe Umstellungen nötig sind, wenn man hier etwas verändern will. Die Diskussion über die Ölkrise und die Kernenergie hat zutage gebracht, daß wir uns bald umstellen müssen, je später, um so schmerzhafter. Die Umstellung beginnt damit, daß man nicht mehr glaubt, für jedes Problem werde uns die Zukunft schon noch ein technisches Mittel zu seiner Lösung bescheren. Das bedeutet praktisch: Die Industrieländer müssen sich in ihren Energieszenarien auf ein Absinken der Zuwachsraten der verfügbaren Energie einstellen und damit rechnen, daß möglicherweise in fünfzehn oder fünfundzwanzig Jahren der Energieverbrauch bei ihnen nicht mehr wachsen darf. Dies könnte bedeuten, daß bis dahin auch das ganze Wirtschafts- und Sozialsystem, der Lebensstil und die Denkweise sich auf diese neue Situation umgestellt haben muß. Natürlich habe ich hier vereinfacht formuliert, worum es geht; und auch über die These, daß das in fünfzehn oder fünfundzwanzig Jahren Energiezuwachs für die Industrienationen nicht mehr zur Verfügung stehen wird, wäre im einzelnen zu sprechen. Die folgenden Vorträge für unsere Synode werden uns dazu gewiß konkretere Überlegungen an die Hand geben. Mein Referat hat eine andere Aufgabe. Es soll herausarbeiten, welche gemeinsamen Urteils- und Entscheidungskriterien für uns als Christen wohl verbindlich sein könnten.

3. Entscheidungs- und Urteilskriterien

3.0 *Einigung über Grundlinien ist uns als Christen möglich, wo sich – trotz unserer verschiedenartigen Befangenheiten – aus dem Glauben gemeinsame Erkenntnisse und Perspektiven ergeben. Wir fragen nun, welche Kriterien sich von dorther und aus den bisherigen Überlegungen zur Ambivalenz des technischen Fortschritts heraus nahelegen.*

Kann sich eigentlich eine Synode in einem öffentlichen Streit, wie dem um die Kernenergie, über bestimmte Grundlinien einigen? Ich denke, das wird nur möglich sein, wenn sich aus unserem gemeinsamen Glauben bestimmte Erkenntnisse und Perspektiven aufdrängen, die unbeschadet unserer sonstigen Meinungsverschiedenheiten Geltung haben. Dabei wäre es gut, wenn wir die eigene Befangenheit, die unvermeidliche Einseitigkeit unserer Urteile und Interessen deutlich machten. Wir sehen ja, wie oft man in der öffentlichen Energiediskussion aneinander vorbeiredet. Die beste Möglichkeit aber, sich ein Stück von der eigenen Befangenheit und Interessengebundenheit zu lösen, ist, gegensätzliche Urteile anderer ernst zu nehmen. Es könnte sein, daß im Urteil des andern Wahrheitsmomente zum Zuge kommen, die mir wegen meiner standortgebundenen Perspektive nicht deutlich geworden sind.

Was tragen die bisherigen Überlegungen über die Ambivalenz des technischen Fortschritts und die christliche Stellung dazu für unser heutiges Problem aus?

3.1 Es steht uns kein Weg in eine weniger technische Welt offen. Aber wir müssen die falsche Programmierung durch technische Ideologien durchschauen und nicht alles tun, was technisch möglich ist, und nicht glauben, für alle Probleme brächte die Technik Lösungen hervor.

Zunächst ist deutlich geworden, daß wir klar unterscheiden müssen zwischen der Technik als einer die Lebensgrundlage erweiternden Arbeit und den Fortschrittsideologien, die sich an Technik und Wissenschaft angehängt haben. Ich warne daher vor antitechnischen Affekten, vor jeder Art von romantischer Maschinenstürmerei und vor der Meinung, wir könnten doch weitgehend auf intensive technische und wissenschaftliche Arbeit verzichten. Dieser Weg steht uns schon lange nicht mehr offen. Wir können nur diejenigen unter uns und diejenigen in der Gesellschaft, die technische Forschung und Entwicklung vorantreiben, auf ihr Ethos ansprechen, bessere, humane, sozial- und umweltverträgliche Techniken zu entwickeln und in der Ethik der Technik zu größerer Klarheit und Entschiedenheit zu kommen.

Ich warne aber ebenso vor den bei uns allgegenwärtigen technischen Ideologien. Sie verführen zum Beispiel zu der Meinung, der Mensch müsse alles, was technisch möglich ist, auch tun oder probieren. Die technischen Ideologien verbreiten das falsche Credo, für jedes Problem unserer Wirtschaft und Gesellschaft werde sich eine Lösung einstellen, weil Technik und Wissenschaft unbegrenzt erfindungsfähig seien. Diese Illusionen bringen einen »falsch programmierten« Menschen hervor, der nicht bereit und fähig ist zu dem Bewußtseinswandel, den die kommende Umstellungskrise von uns verlangen wird.

3.2 *Uns Christen ist ein besserer Gehorsam im Verständnis und in der Ausführung des Schöpfungsauftrages vonnöten. Indem wir achthaben auf Gottes Schöpferwillen mit seiner Welt, erweitert sich das Feld unserer Urteilskriterien und wird von den üblichen Verengungen frei. Diese zeigen sich, wo man das Energieproblem nur wirtschaftlich, nur sozial, nur national, nur technisch, nur kurzfristig, nur im Gegenwartszusammenhang ohne Rücksicht auf die nächste Generation beurteilt.*

Ich habe das dominium terrae, Amerys Christentumskritik und die evolutionistische Eschatologie von Teilhard de Chardin behandelt, um Klarheit hinsichtlich des Schöpfungsauftrages zu gewinnen. Die heutigen ökologischen Probleme nötigen und ermutigen uns, den biblischen Schöpfungsglauben neu zu durchdenken, ihn in besserem Gehorsam auszulegen und danach unser Leben zu richten. Welche Orientierungskriterien ergeben sich dabei für uns?

Man kann vielleicht mit einem zusammenfassenden Satz antworten: Der biblische Schöpfungsglaube verwehrt es dem Menschen, sich selbst mit seinen Interessen rücksichtslos in den Mittelpunkt des Geschehens zu stellen und die Welt hemmungslos für sich auszubeuten; denn nach biblischem Verständnis ist die Welt Gottes gute Schöpfung, die durch den Fall des Menschen in Not und Gefahr gebracht wird und nur dadurch bewahrt werden kann, daß der Mensch auf Gottes Willen für die Kreatur achtet.

Geht man von dieser These aus, dann erweitert sich das Feld der Kriterien, nach denen wir unser Handeln zu richten haben. Das ist von großer Bedeutung: Wer nämlich das Problem der Energie nur nach wirtschaftlichen und sozialen, nur nach nationalen, nur nach technischen, nur nach kurzfristigen Gesichtspunkten, nur im Gegenwartszusammenhang ohne Berücksichtigung der Zukunft behandelt, der mag in seinem engeren Bereich noch so recht haben, er denkt und handelt doch an den wirklichen Problemen vorbei. Er macht sich zum einseitigen Spezialisten. Der Schöpfungsglaube hingegen ermutigt und nötigt uns zu einer ganzheitlichen Sicht, die es erlaubt und erfordert, die Expertenerkenntnisse aus den verschiedensten Gebieten zusammenzudenken und ihre Bedeutung neu zu verstehen.

In welche Richtung verweist uns der Schöpfungsglaube im einzelnen? Ich nenne ein paar charakteristische Punkte.

a. Von einer technisch-anthropozentrischen zu einer ökologisch-mitkreatürlichen Sicht der Welt.

Technik und Wissenschaft haben uns gelehrt, die Welt als Aggregat unbelebter und belebter Materie zu sehen, das den sogenannten Naturgesetzen folgt, aber in sich selbst keinen erkennbaren Sinn hat und daher dem Menschen zu unbegrenzter Manipulation zur Verfügung steht. Diese Sicht kann man als technologisch-anthropozentrisch charakterisieren. Demgegenüber lehrt uns der Schöpfungsglaube, die Welt ökologisch zu sehen, das heißt als den Wohnraum vieler Kreaturen. Demnach teilt der Mensch den Lebensraum Erde mit anderen Lebewesen, und diese sind als Mitgeschöpfe anzusehen und zu behandeln.

b. Von der Besitz- und Ausbeutungsermächtigung zur Wahrnehmung des Schutz- und Fürsorgeauftrags für die lebendige und anorganische Mitwelt.

Der Gestaltungsauftrag des Menschen, dominium terrae, ist keine Ausbeutungsermächtigung. Er ist, wie zum Beispiel *Gerhard Liedke* in exegetischen Studien herausgearbeitet hat, ein Ordnungsauftrag, der Fürsorge und Schutzaufgaben einschließt – Schutz für Tiere und Pflanzen, Schutz auch für die anorganische Welt, zum Beispiel für die Erdatmosphäre, bei deren Überbelastung mit Staub und Kohlendioxid schwere Klimastörungen eintreten würden. Erst seit kurzem macht man sich klar, daß der Mensch, wenn er diese Schutz- und Erhaltungsaufgabe vernachlässigt, auch die Grundlagen der eigenen Existenz untergräbt.

c. Von der falschen Alternative zwischen Harmonisierung oder Radikalisierung des Konflikts zwischen Mensch und Natur zu schonenden, vermeidbare Opfer ersparenden Konfliktregelungen.

Die biblischen Schöpfungsberichte sehen das Verhältnis von Mensch und Natur nicht als ein selbstverständliches, harmonisches Gleichgewicht, sondern als einen Konflikt, der durch die Schuld des Menschen verschärft ist. In diesem Konflikt soll und muß der Mensch die bestmöglichen Regelungen finden und verwirklichen. Dazu gehört, daß er die selbstsüchtige Gewalt, mit welcher er der Mitkreatur unnötige Opfer auferlegt und ihre kreatürliche Angst steigert, einschränkt, zurücknimmt.

d. Neuentdeckung der Hilfen, welche der von Gott angenommene Mensch der in Angst und Not harrenden Kreatur zu bringen bestimmt ist (Römer 8,19).

Der Apostel *Paulus* sagt Römer 8,19, die Kreatur warte in ängstlichem Harren darauf, daß Gottes Kinder offenbar werden, sichtbar hervortreten. Die Erwartung der Kreatur richtet sich darauf, daß der versöhnte Mensch auch der Kreatur in ihrer Angst und Not zum Helfer bei ihrem Freikommen von tödlicher Knechtschaft wird. Was damit vom Apostel ausgesprochen wird, können wir wohl in unserer heutigen Denkweise und Weltanschauung nur anfangsweise ahnen.

3.3 *Übersetzung dieser sich aus dem Schöpfungsglauben ergebenden Richtungskriterien in das Problemfeld der Energieversorgung.*

Was bedeuten diese vier Gesichtspunkte nun für den Umgang mit der Kernenergie?

a. Ausbildung ökologisch schonender Techniken. Zwischen den Gefahren der Kernenergie und den Umweltschäden durch gesteigerte Gewinnung fossiler Energie ist der schonsamste Weg zu finden. Durch vorsichtiges Abbremsen des Zuwachses sind Zeit und Handlungsspielräume für die Entwicklung anderer Wege der Energieversorgung (zum Beispiel Sonnenenergie) zu gewinnen.

Von einer rücksichtslos die Natur ausbeutenden Technik müssen wir zu einer ökologisch schonenden Technik übergehen. Der Übergang ist bei Strafe der Zerstörung unserer eigenen Lebensgrundlagen geboten. Diese These als solche bedeutet keineswegs einfach eine Entscheidung gegen die Kernenergie und für die fossilen Energieträger. Auch die gesteigerte Gewinnung fossiler Energie bringt Umweltbelastungen, zum Beispiel die Gefahr einer Klimaveränderung, mit sich. *Carl Friedrich von Weizsäcker* folgert in seinem Buch »Wege in der Gefahr« (1976, Seite 22) aus einer vorliegenden Studie, im Oberrheintal werde bei den gegenwärtigen Wachstumsraten die Grenze des an Abwärme Akzeptablen schon in zehn Jahren erreicht sein. Ebenso gibt der heutige Zustand der Weltmeere Anlaß zu großen Sorgen. Eine ökologisch schonende Technik hätte solche Grenzen zu berücksichtigen.

b. *Nicht in erster Linie die rein technischen, sondern viel mehr noch die politisch-gesellschaftlichen Probleme der weiteren Expansion technischer Großsysteme zur Erzeugung von Kernenergie (keine Sicherheit gegenüber Sabotage, Terrorismus, gezielter Feindeinwirkung) erinnern an die Schutzaufgabe des Menschen im Dienste des Mitmenschen, der kommenden Generationen und des Biosystems Erde.*

Die Schutzaufgaben gegenüber Tier- und Pflanzenwelt und unbelebter Natur dienen auch der Erhaltung des Lebensraums für kommende Generationen, zum Beispiel auch schon für die jetzt geborenen Kinder. Was bedeutet das praktisch? Die Ausnutzung von fossiler und nuklearer Energie drängt zur Expansion großtechnischer Systeme. Diese entfalten eine ungeheure Eigendynamik. Ein Riesenaufwand an Kapital, an menschlicher Intelligenz und Arbeitskraft ist investiert, Interessen und Macht sind hierdurch in einer bestimmten Richtung festgelegt worden. Jetzt, so meint man, habe man keine Wahl mehr, sondern müsse auf diesem Wege weitergehen. Die großtechnischen Systeme aber fördern – wenn man keine Gegengewichte findet – den Zentralismus der Industriegesellschaft und wirken auf ihre politische Gestalt und ihre Lebensqualität ein. Ich erwähnte schon die großen Sicherheitsrisiken der Kernenergiegewinnung gegenüber Sabotage, Terrorismus, gezielten feindlichen Einwirkungen. Schutzmaßnahmen beispiellosen Ausmaßes könnten hier erforderlich werden, wenn das Wachstum uneingeschränkt weitergeht. Das Buch C. F. von Weizsäckers über »Wege in der Gefahr« enthält den Satz (Seite 37): »Das Radioaktivitätsproblem der Kernenergie wäre vermutlich zu meistern, wenn politisch–gesellschaftlich andere Zustände bestünden als in der Menschheit, die wir kennen.« Damit ist angedeutet: Staat und Gesellschaft können die Sicherheit, die für nuklear-technische Großsysteme nötig ist, voraussichtlich nicht gewährleisten. Zum Beispiel müssen nicht nur die arbeitenden, sondern auch die stillgelegten Reaktoren noch viele Generationen lang bewacht werden, und die Radioaktivität des Plutoniums in seiner Giftigkeit wird erst nach 100000 Jahren oder mehr unbedenklich. Die Politik in unserem Lande müßte eine neue Qualität gewinnen; der sich anbahnende Brauch, politische Entscheidungen nicht mehr politisch zu erarbeiten und in den Parlamenten zu treffen, sondern sie zum Beispiel den Gerichten anzulasten, müßte überwunden werden. Um solche Überlegungen und derartige Konsequenzen geht es, wenn wir von der Schutzaufgabe des Menschen gegenüber der Natur sprechen.

c. Das schmerzvolle Wissen um den tatsächlichen Konflikt zwischen dem gefallenen Menschen und der Mitkreatur verbietet die romantische Erwartung, als sei zum Beispiel mit der Abschaffung der Kernenergie das Grundproblem gelöst. Je größer der Energiemangel, desto brutaler die daraus resultierenden politisch-gesellschaftlichen Konflikte in den Nationen und zwischen den Nationen, desto rücksichtsloser die Naturausbeutung. Daher: Zeit und Handlungsspielraum für energiesparende und damit konfliktentschärfende Optionen gewinnen.

Der biblische Schöpfungsbericht charakterisiert das Verhältnis von Mensch und Natur nicht als Harmonie, sondern als eine Fülle vielschichtiger Konflikte. Er warnt damit auch vor naturromantischen Verharmlosungen unserer Lage. Wir können die Technik nicht beiseite tun und bloß »von der Natur« leben. Je knapper die Energie wird, desto umkämpfter wird sie, desto stärker geht Konfliktverschärfung von ihr aus und um so wichtiger wird das Angebot alternativer technischer Möglichkeiten. Darum können wir die bisherige Energiepolitik nicht einfach fortschreiben, sondern müssen auf ihre Umorientierung dringen. Heute geht zum Beispiel auf dem Sektor Öl und Gas bei der Förderung der Primärenergie, bei ihrem Transport und schließlich bei ihrer Umwandlung zur Endverbrauchsenergie etwa zwei Drittel verloren. Rationellere Techniken sind hier ebenso vonnöten wie Einsparungen im Verbrauch. Schließlich aber stehen wir vor der Frage, ob wir das ständige Wachsen der energieverschlingenden Produktion materieller Güter wirklich brauchen oder wie sehr wir bei unserer Versessenheit auf materielle Güter, mit der wir die Konflikte zwischen uns und der Mitkreatur zu deren Lasten verschärfen, der Lebensorientierung »nach außen« zum Opfer fallen. Alles Abbremsen der Zuwachsraten im Energieverbrauch kann uns freilich nur eine Zeitlang den Handlungsspielraum für Optionen schaffen. Langfristig ist eine tiefe Umstellung des gesamten Wirtschaftens und der ganzen Lebensführung vonnöten. Wir können uns künftig nicht mehr der eigengesetzlichen Dynamik technischer Großsysteme und wirtschaftlichen Wachstums unkritisch anvertrauen. Das gilt gerade auch für das in unserem Zusammenhang so brennende Problem der Massenarbeitslosigkeit, deren Perpetuierung viele als Folge einer geringeren Energieproduktionszunahme und eines gebremsten Wirtschaftswachstums befürchten. Aber es ist eben die Frage, ob die nur in einer außerordentlichen Anstrengung zu leistende Überwindung der Arbeitslosigkeit entscheidend vom Wirtschaftswachstum abhängt oder ob es letztlich um eine bessere, gerechtere Verteilung der vorhandenen Nachfrage nach Arbeit geht.

d. *Der von Angst und einem nach außen gehenden Aggressionswillen befreite, der in seinem Gottesverhältnis und daher in sich selbst befriedete Mensch hat die Voraussetzungen, zum Bestehen und der Bewältigung der Umstellungskrise beizutragen. Eingedenk dessen, daß die geängstete Kreatur auf das Hervortreten der Kinder Gottes wartet, wird er darauf achthaben, daß die Opfer, die der Mensch mit seiner technischen Weltgestaltung der Mitkreatur aufnötigt, möglichst gering gehalten werden. Daraus ergibt sich, daß den arbeitsintensiven kleinen und mittleren Technologien vor den gewaltsameren technischen Großsystemen überall, wo es nur möglich ist, der Vorzug gegeben wird.*

Wie steht es nun mit der Aussage des Apostels *Paulus*, daß das Freiwerden der Kinder Gottes in ängstlichem Harren von aller Kreatur erwartet wird? Was hat die Kreatur von uns zu erwarten? Paulus beschreibt Römer 8, wie das Leben mit Christus, das Leben im Geist frei macht von den Bindungen der Welt. Es befreit auch von dem Zwang, auf Kosten der Mitkreatur hemmungslos nach außen leben zu müssen. Es erfüllt uns mit Freude und Hoffnung, mit all den Kräften des Geistes, die den seelischen Innenraum ausmachen und den Menschen unbeschadet aller leib-seelischen Bedürftigkeit frei machen von dem, was die Bibel »die Welt« nennt im Unterschied zur Schöpfung, nämlich von jenen Zwängen, die den Menschen gefangen halten. Solche Freiheit der Kinder Gottes ist von großer Bedeutung in den wirtschaftlichen, sozialen und seelischen Umstellungskrisen, die uns bevorstehen und zweifellos unser ganzes gesellschaftlich-soziales Gefüge erschüttern werden. Werden die Menschen heute ebensosehr von begründeter Sorge um die Zukunft wie von irrationaler Angst ergriffen, so wird es die Aufgabe der Kirche sein, Christus als den zu verkündigen, der durch die tiefsten Ängste der Welt hindurchgegangen ist, sie überwunden hat und uns Anteil gibt an seinem neuen Leben, an seiner Freiheit. Nicht nur um der Selbsterhaltung der Menschheit willen, sondern auch in Ausführung unseres Schöpfungsauftrages an der Mitkreatur in Bezeugung des Heils, das uns zuteil wird, sollten wir nach einem Lebensstil suchen, der unsere Welt erhalten hilft und sie nicht durch Ausbeutung zerstört.

4. Das ökumenische Programm »Energy for my neighbour« – für den fernen Nächsten in den Entwicklungsländern – zeigt, wie Haushalte und kleine Energiebenutzer sinnvoll und symbolkräftig Energieverbrauchsersparnisse dorthin transferieren können, wo Energie zur Gewinnung des täglichen Brotes dringend benötigt wird.

Mein Referat hat nicht die Aufgabe, eine Stellungnahme pro oder contra Kernenergie vorzutragen. Es soll vielmehr den Horizont aufreißen, innerhalb dessen wir diese Problematik als Christen sehen müssen, und es soll einige Entscheidungskriterien für die gemeinsamen Überlegungen an die Hand geben. Ich möchte aber nicht schließen, ohne einen Gesichtspunkt zu erwähnen, der mich besonders beunruhigt. Zur Zeit verbrauchen ein Viertel der Weltbevölkerung drei Viertel der gesamten Weltenergie. Dieses ist ungerecht und kann auf die Dauer nicht ohne böse Folgen bleiben. In vielen Ländern fehlt auf diese Weise jenes Minimum an Energie, das benötigt wird, um menschenwürdig zu leben und arbeitsintensive Kleinproduktion in Landwirtschaft und Handwerk aufzubauen. Die Industrienationen, ihre politischen und wirtschaftlichen Vertreter sind ganz überwiegend mit ihren eigenen Problemen beschäftigt.

Gibt es für unsere Gemeinden, gibt es für den einzelnen Christen sinnvolle Möglichkeiten, etwas zu tun? Angesichts der Größe der vor uns liegenden Probleme scheint jedes praktische Rezept grotesk unangemessen. Im vollen Bewußtsein dieser Tatsache möchte ich dennoch auf eine kleine Möglichkeit hinweisen, durch Energieeinsparung in der Bevölkerung durchaus spürbare Mittel frei zu machen für sinnvolle Verwendung in Entwicklungsländern. Der Ökumenische Rat der Kirchen hat ganz unprätentiös ein Manifest mit detaillierter Durchführungsbeschreibung ausgearbeitet, das den Titel »Energie für meinen Nächsten« (Energy for my neighbour) trägt – nämlich für den Nachbarn in den benachteiligten Weltregionen. Es geht von dem einfachen Gedanken aus, daß Haushalte und andere Energieverbraucher sich selbst bewußt Einsparungsziele setzen von einem oder vielleicht drei Prozent ihres bisherigen Energieverbrauchs, diese Einsparungen selbst kontrollieren und den ersparten Geldwert über ökumenische Kanäle dorthin leiten, wo diese kleine Menge Energie vielleicht hundertmal so viel wert ist wie bei uns. Wir können uns hier mit eigenen Beiträgen beteiligen. Vielleicht könnte auch die Landeskirche Informationen über dieses Programm verbreiten. Die nicht gebrauchte Energie, deren Wert transferiert würde, könnte zeichenhafte Bedeutung haben, insofern sie anderen in weniger behaglicher Lage zugute käme und den Gebern ins Bewußtsein riefe, daß uns sehr ferne Menschen doch Nachbarn sind, deren Wohlergehen mit unserem Tun und Lassen zusammenhängt.

6.
Christlicher Humanismus und moderne Arbeitswelt. Gedanken zur ars vitae in der heutigen Situation

Die Hermann-Tast-Schule in Husum lud mich ein, anläßlich der Feier ihres 450jährigen Bestehens am 24. Mai 1977 den Festvortrag zu halten. Gerade 40 Jahre nach meinem Abitur auf dieser Schule erschien mir das als eine reizvolle Aufgabe. Die »Gelehrtenschule« (1527) war eine der frühen Gründungen der Reformationszeit. Sie hat lange Zeit hindurch christlichen Glauben in reformatorischem Verständnis mit humanistischer Ethik verbunden. Das ist eine Synthese, auf die angesichts der Wiederaufbauprobleme in Deutschland nach 1945 viele sonst der theologischen Ethik eher abgeneigte Theologen wie Rudolf Bultmann schließlich zurückgegriffen haben. Mir kam es darauf an, diese Tradition nicht in idealistischer Verklärung zu schildern, sondern sie mit den für Lehrer und Schüler greifbaren Problemen der modernen Arbeitswelt zu konfrontieren und zu prüfen, wie gelebter Glaube uns in diesem Spannungsfeld zu überzeugender Orientierung verhilft. Der Vortrag wurde abgedruckt in der von Karl Ernst Laage und Volkmar Hand herausgegebenen Festschrift der »Gelehrtenschule – Hermann-Tast-Schule« zum 450jährigen Bestehen, Husum 1977, 49–56.

Meine Damen und Herren,
ein Jubiläum zu feiern ist nicht gleichbedeutend mit dem Schwelgen in Erinnerungen. Freilich, wenn man, wie ich, vierzig Jahre nach dem eigenen Abitur an einer solchen Feier teilnimmt, steigt das Bild derer wieder auf, die damals Lehrer und Schüler im Hermann-Tast-Gymnasium waren. Aber vor allem sollten wir uns darüber klarwerden, was die Schule in unserem eigenen Leben bedeutet hat und was sie den jetzigen Schülern bedeuten kann. Bei dieser Frage muß der wehmütige Glanz der Erinnerungen zurücktreten. Wir dürfen uns auch nicht verheimlichen, daß für viele Kinder und Jugendliche die Schulzeit mit tiefen persönlichen Nöten verknüpft ist und seelische Traumata hinterläßt. Ich kenne Menschen, deren Schultragödien die schwersten Krisen ihres ganzen Lebens waren. Man

wird die Schuld dafür nicht einfach der Schule zuschieben können: Sie selbst muß sich ja in einem widerspruchsvollen Spannungsfeld behaupten unter dem Druck dessen, was ihr von außen aufgedrängt wird. Ich brauche heute nur das Stichwort numerus clausus zu nennen, um einen solchen Faktor deutlich zu machen, der es den Lehrern schwermacht, auf die innere Entwicklung der Schüler einzugehen. Kurzum, die Schule ist gewiß nicht jene »heile Welt«, zu der sie im milden Licht der Erinnerungen wird.

Eine der grundlegenden Spannungen, in denen die Schule steht, möchte ich heute ins Auge fassen, nämlich die Spannung zwischen den Zielen des Humanismus und der modernen Arbeitswelt. Das Hermann-Tast-Gymnasium, die Husumer Gelehrtenschule, ist von ihren Anfängen im Husumer Reformationsjahr 1527 her dem evangelischen Glauben und dem Humanismus zugleich verpflichtet gewesen. Die Humanisten hatten aus der griechischen und römischen Antike ein großes, beherrschendes Thema mitgebracht – die Kunst der rechten Lebensführung: ars vivendi, ars vitae. Bildung und Erziehung waren vor allem Einführung in diese Kunst. Es galt, das eigene Leben so zu führen, daß es trotz aller Mißlichkeiten gelingt, daß es einen Stil hat, eine Linie, einen kultivierten Inhalt. Die Grundüberzeugung der Humanisten war, daß es letztlich nicht die äußeren Dinge sind, die uns glücklich oder unglücklich machen, sondern unsere eigenen Vorstellungen von ihnen, unser persönliches Verhältnis zu ihnen. Alles kommt also auf den Menschen selbst an und darauf, daß er die Kunst lernt, sein Leben in souveränem Stil zu führen.

Mit der Reformation stand der Humanismus oft in Spannung. Aber es gab eine tiefe Gemeinschaft. Denn der Glaube, wie ihn *Martin Luther* wieder entdeckt hatte, verleiht dem Menschen eine weltüberlegene Souveränität. In der Reformationsschrift »Von der Freiheit eines Christenmenschen« 1520 heißt es: »Ein Christenmensch ist – im Glauben – ein freier Herr über alle Dinge und niemandem untertan.« Souveränität im Glauben, Souveränität in der humanistischen Kunst der Lebensführung – das verband sich zu einer kraftvollen Einheit. Die Reformation fügte allerdings einen anderen Satz hinzu, der den Humanisten mehr Schwierigkeiten machte. Luther formulierte so: Ein Christenmensch ist – in der Nächstenliebe – ein dienstbarer Knecht aller Dinge und jedermann untertan. Bei den Humanisten nahm der Nächste oft nicht einen solchen hohen Rang ein; man übte ihm gegenüber eher ein wenig vornehme Zurückhaltung. Die Dienstbarkeit paßte weniger in ihr Konzept.

Die Gelehrtenschulen – wie das Hermann-Tast-Gymnasium – wollten viel mehr, als bloß die Kenntnis der alten Sprachen vermitteln. Sie wollten die Schüler zu einem christlich-humanistischen Lebensstil führen, der es ihnen ermöglichte, das Leben glücklich zu bestehen. Im Mittelpunkt ihres Interesses stand also die christlich-humanistische Ethik. Wir können uns davon ein genaues Bild machen. Uns sind z. B. aus dieser Zeit die »Neun Bücher ethischer Lehre« (1571 ff.) erhalten, die der evangelische Generalsuperintendent in Schleswig, *Paul von Eitzen*, für die Gelehrtenschulen des Landes verfaßt hat.

Und heute? Wenn ich recht sehe, ist längst ein anderes Konzept übermächtig geworden: Der Schulunterricht wird doch wohl überwiegend als Vorbereitung für den künftigen Beruf verstanden, als Ausrüstung und Training für die heutige Arbeitswelt. Man bevorzugt also moderne Sprachen – irgendwann wird man sie sicher brauchen –, man wählt Mathematik und naturwissenschaftliche Fächer. Nun will ich keineswegs behaupten, daß man nur mit Hilfe der alten Sprachen die ars vivendi, die Kunst gehaltvollen Lebens vermitteln könne. Jede der heutigen großen Kultursprachen, z. B. Englisch, Französisch, Spanisch, Italienisch, Russisch, repräsentiert ja eine Variante reicher Kultur, und die Naturwissenschaften haben längst ihren eigenen Beitrag nicht etwa nur zu Wirtschaft und Technik, sondern auch zur Philosophie entwickelt. Sie sind in ihren Spitzenvertretern lebhaft bei geistigen und ethischen Fragen engagiert. An den Fächern selbst liegt es also nicht, wenn man aus der Perspektive der Universität oft den Eindruck gewinnt, unsere Schulen seien zwar heute vielleicht besser organisiert und mit viel reicheren Mitteln ausgestattet als früher, aber doch in anderer Hinsicht einseitiger und ärmer.

Das Liebenswürdige des alten Gymnasiums, wie ich es noch erlebte, war der große Spielraum, den man uns für freie Entwicklung innerhalb und außerhalb der Schule ließ, ein Spielraum, den man übrigens auch hier in Husum ganz klug und erfolgreich gegen den aufkommenden Nationalsozialismus verteidigte. Freier Spielraum hieß, daß nicht alles auf seinen direkten Nutzeffekt hin kalkuliert wurde. Wir wußten als Schüler gewiß nicht, ob und wozu wir später einmal Latein oder Griechisch gebrauchen würden. Im Grunde erlernten wir die alten Sprachen, um das Lernen zu lernen. Rückblickend muß ich sagen: Das war eine gute Vorbereitung fürs Studium und fürs Berufsleben. Denn wer das Lernen gelernt hat, der arbeitet sich schnell in die verschiedensten Zusammenhänge ein, der ist darauf vorbereitet, sich Neues anzueignen. Wer sich aber früh spezialisiert, wer sich in der Schule schon auf das festlegt, was er für sein spezielles

Studium und seinen besonderen Beruf braucht, der engt sich selbst ein. Später kommt es meist anders, als man gedacht hat. Die Fachkenntnisse ändern sich heute in vielen Gebieten und Berufen so schnell, daß das, was man inhaltlich in Schule und Universität sich aneignet, schon nach ein bis zwei Jahrzehnten überholt sein kann. Nicht überholt aber ist die Fähigkeit zum methodischen Umgang mit den wechselnden Problemen.

Diese Einsicht ist auch heute weit verbreitet. Dennoch scheint unser ganzes Schul- und Hochschulwesen ein pragmatischer, ein auf den naheliegenden Vorteil ausgerichteter Zug zu durchziehen. Er läßt den Lehrern, Schülern und Eltern wenig Spielraum und treibt schon in der Schule die Konkurrenz hoch. Im Grunde sind es die Konkurrenzprinzipien der Berufs- und Arbeitswelt, die immer mehr in der Schule durchschlagen: Wer das Fach seiner Wahl studieren will, muß um Zensuren kämpfen, die es ihm erlauben, die Barriere des numerus clausus zu passieren. Für das Klima der Schule liegt darin eine tödliche Gefahr.

Aber wenden wir uns jetzt unserer Arbeitswelt zu, die so stark in das Leben der Schule einwirkt. In meiner Lehrtätigkeit an der Universität Heidelberg habe ich viel mit ausländischen Studenten und jungen Wissenschaftlern zu tun, besonders mit Theologen aus Afrika und Ostasien. Vieles in unserem Lande findet ihre Bewunderung. Aber sie haben auch Fragen im Blick auf diese merkwürdigen Deutschen. Zum Beispiel: Was gibt es für euch Deutsche eigentlich noch – außer eurer Arbeit und dem Konsum, den euch diese Arbeit ermöglicht? Ist nicht eigentlich Arbeit eure Religion, nämlich das, woran euer Herz eigentlich hängt?

Der Europäer des 20. Jahrhunderts – so empfindet es der Beobachter aus einer anderen Kultur – sucht fast alles, was er vom Leben erwartet, in seiner Arbeit. Er will es sich durch seine Arbeit verfügbar machen. Arbeit ist nicht mehr bloß ein *Weg,* ein *Mittel* zu leben, sondern Arbeit wird selbst zum *Lebenszweck.* In der Arbeit und mit der Arbeit sucht der Mensch von heute »sich selbst zu verwirklichen«. Ein bedeutender Psychoanalytiker meint, es sei die größte seelische Veränderung des Menschen der Neuzeit, daß er in rastloser Arbeit seine Lebenserfüllung sucht.

Der Wille, durch Arbeit sich selbst zu verwirklichen, bestimmt den Lebensstil unserer Zeit. Die Position, die man in Beruf und Arbeit einnimmt, scheint zu entscheiden, wer man selbst ist. Da aber als »wirkliche« Arbeit nur die mit Geld bezahlte Arbeit gilt, ist das Sozialprestige vor allem davon abhängig, wieviel Geld man mit seinem Job macht. Das ist auch nicht bloß so bei einigen geldgierigen Leuten, sondern gehört zum seelischen Klima in unserer Gesellschaft. Es geht oft auch gar nicht darum, daß man das Geld unbedingt braucht. Ich kenne z. B. junge Familien, in denen die Frauen eine geldbringende Berufsarbeit suchen – obwohl der Mann genug verdient. Warum? Weil sie unter den gegebenen Umständen nur so ihre Selbständigkeit finden können, weil sie nur so anerkannte Verantwortung und soziale Kontakte finden, kurzum, weil sie glauben, nur so »sich selbst verwirklichen« zu können. Ihr Verhalten spiegelt genau das Wertgefühl unserer Gesellschaft, und wir sollten uns hüten, es hochnäsig zu tadeln.

Ist diese Selbstverwirklichung durch Arbeit und Konsum überhaupt vergleichbar mit jener humanistischen ars vivendi, mit jener Kunst, sich zum Lebensglück hindurchzufinden? Diese Frage will ich vorerst zurückstellen. Denn viel näher liegt uns ja die Überlegung: Ist dieser Traum von unserer Selbstverwirklichung durch Arbeit realistisch? Hat er in unserer Welt die Chance, zum Lebensglück zu führen?

In den letzten drei Jahren sind wir auch in der Bundesrepublik Deutschland durch das fast schon vergessene Phänomen der Arbeitslosigkeit aufgeschreckt worden. Wir sind zwar eines der reichsten Länder der Welt, wir haben einen Riesenexport – und doch müssen wir langfristig mit einem erheblichen Sockel an Dauerarbeitslosen rechnen. Wir kämpfen um die Eingliederung von mehr als einer Million Arbeitslose in den Produktionsprozeß. Gleichzeitig aber machen neue Technologien und Automatisierungen unzählige Arbeitsplätze überflüssig. Heute trifft das z. B. die Drucker und Setzer in ungeahnter Härte, morgen und übermorgen andere Gruppen. Auch unter den Jungakademikern ist Arbeitslosigkeit zu einem großen Problem geworden. Man hat mit dem Studienabschlußexamen nicht mehr gleichzeitig die Eintrittskarte für eine Berufslaufbahn in der Tasche. Es kann sein, daß man ein bestimmtes Fach studiert, aber auf einem ganz anderen Felde seinen Beruf suchen und sein Auskommen finden muß. Viele sprechen heute von einem akademischen Proletariat. Ich halte das für eine verkehrte Sicht. Wir müssen uns freilich, wie es in vielen Ländern der Welt längst geschehen ist, daran gewöhnen, daß Abitur und Hochschule dem jungen Menschen wohl eine Bildung vermitteln, nicht aber den Berechtigungsschein für eine Berufs- und Lebensposition. Wer sich das klargemacht hat, wird viel flexibler nach dem Studienabschluß sich im Felde der beruflichen Möglichkeiten umsehen, und mancher, der nicht eigentlich an einer wissenschaftlichen Grundbildung interessiert ist, wird dann darauf verzichten, die für seine Zwecke unnötigen Jahre an der Hochschule zu verbringen. Aber das Grundproblem bleibt: In einer Gesellschaft, in welcher Menschen sich nur durch Arbeit selbst verwirklichen zu können glauben, ist erzwungene Arbeitslosigkeit für viele gleichbedeutend mit dem Zusammenbruch ihres Lebensentwurfes. Ihr Leben scheint allen Sinn verloren zu haben. Oder stimmt es doch nicht, daß der Mensch durch Arbeit die Lebenserfüllung findet?

Aber das, was sich an der Arbeitslosigkeit inmitten unserer Wohlstandsgesellschaft zeigt, ist wohl nur ein Teil einer weltweiten krisenhaften Entwicklung. Das öffentliche Bewußtsein verdrängt noch weitgehend die Probleme der Arbeitslosigkeit, vor allem der Jugendarbeitslosigkeit, aber es ist offenkundig zerrissen von dem heftig entbrannten Kampf um die Kernenergie. Sie wird als die Frage angesehen, die nicht erst über das Schicksal künftiger Generationen, sondern auch schon über die Lebensmöglichkeiten der heutigen jungen Generation entscheidet. Sie kennen alle die extremen Thesen auf beiden Seiten. Die einen erklären: Ohne viele neue Kernkraftwerke kein Wirtschaftswachstum; ohne Wirtschaftswachstum keine Arbeitsplätze, und ohne diese Zerfall unserer Wirtschaft, und das heißt praktisch: gesellschaftlicher Selbstmord. Und die anderen halten dagegen: Wenn wir so weitermachen, dann verschleudern die wenigen mächtigen Industrienationen in kurzer Zeit die natürlichen Energieressourcen unserer Erde und gefährden auf viele Jahrtausende die menschliche Biosphäre mit unkontrollierbaren radioaktiven Belastungen. Die Sicherheitsprobleme der Kernenergieproduktion sind nicht zureichend gelöst, die Entsorgung des radioaktiven Abfalls ist nicht befriedigend gewährleistet. Wer also, allein den wirtschaftlichen Interessen folgend, unbedenklich Kernkraftwerke aus dem Boden stampft, der gefährdet zugunsten kurzfristiger Vorteile die Lebensmöglichkeiten der nächsten Generation.

Soweit das Plädoyer der einen und der anderen Seite in kürzester Form. Ich kann und darf nun diesen Vortrag nicht dazu benutzen, um meine eigene Stellung in diesem fast schon bürgerkriegsähnlichen Konflikt um die Kernenergie zu propagieren. Wohl aber läßt sich einiges sagen, was dem gesunden Menschenverstand des unabhängigen Bürgers nahe liegt: Wenn so viele Folgeprobleme der Kernenergie noch ungeklärt sind, wenn Forschung und Planung so oder so noch Jahre intensiver Arbeit benötigen, dann gilt es, Zeit und Spielraum für das alles zu gewinnen. Das ist nur möglich, wenn der Energieverbrauch des nächsten Jahrzehntes möglichst niedrig gehalten wird, wenn alles nur Mögliche zur Energieeinsparung getan wird. Das geschieht bisher nicht, weil es eine tiefe Änderung in der Lebenseinstellung erfordern würde. An die Stelle eines enthemmten Wachstums- und Expansionsdenkens müßte der rationelle und sparsame Umgang mit Energie treten. Und nicht nur mit Energie, sondern mit allem, was aufgrund von technischer Energie hergestellt wird. Das hätte tiefe Veränderungen im Wirtschaftsverhalten und im ganzen Lebensstil zur Folge.

Europäer, Amerikaner, Japaner sind es seit langem gewohnt, ein Großteil der natürlichen Ressourcen dieser Erde für sich selbst zu verbrauchen. Die moderne Welt der Arbeit ist darauf eingestellt, durch die rücksichtslose Ausbeutung der äußeren Welt die materiellen Bedingungen für die sogenannte Selbstverwirklichung des Menschen zu schaffen. Man glaubt, ohne diesen materiellen Reichtum nicht leben zu können, und man hat begonnen, für ihn zu leben. Dabei vergißt der Mensch immer mehr die Möglichkeiten, die in ihm selbst liegen; er weiß nicht mehr um seine eigene seelischer Tiefe, seine innere moralische Kraft, seine Fähigkeit, auch dem, was äußerlich sinnlos erscheint, einen inneren Sinn abzugewinnen. Der moderne Mensch findet nicht mehr in sich selbst das Gleichgewicht und die Lebenserfüllung, sondern er will das alles kompensatorisch mit Hilfe der Fülle äußerer materieller Mittel, mit gesteigertem Lebensstandard und Konsum erkaufen. Nehmen wir nur den Umgang vieler Leute mit ihrem Auto als Gleichnis dafür! Ich habe einen Bekannten, der sich bei allen Aufregungen und inneren Spannungen so schnell wie möglich in sein Auto stürzt und mit einigen Hunderten durchrasten Kilometern das »abreagiert«, was er in sich selbst nicht auszugleichen vermag. Und auch umgekehrt: Packt ihn Lebenslust und Unternehmensdrang, so rast er mit seinem Auto, um dem Ausdruck zu geben. Genauso benötigt der heutige Mensch die Welt der technischen Produkte und deren immer mehr gesteigerten Konsum nicht bloß, um existieren zu können, sondern um sich seelisch auszugleichen und um sich selbst Ausdruck zu verschaffen, kurz, um »sich selbst zu verwirklichen«. Das bringt in die technische Welt jene rasende Wachstumsdynamik, die bisher ins Unendliche zu gehen schien und uns jetzt plötzlich auf harte Grenzen aufschlagen läßt. Wir kommen um das schreckliche Fazit nicht herum: Wenn wir unseren Lebensstil nicht fundamental umstellen können, wenn wir uns nicht wieder in uns selbst zurückzunehmen vermögen, dann werden wir das Lebensgleichgewicht in der menschlichen Biosphäre über kurz oder lang irreparabel zerstören, dann werden wir große Teile der Erde unbewohnbar machen.

Angesichts dieser Perspektive sollten wir uns an das erinnern, was ich am Anfang über humanistischen Lebensstil gesagt habe. Also an das alte Philosophenwort: Es sind nicht die äußeren Dinge, die uns glücklich oder unglücklich machen, sondern unsere eigenen Vorstellungen von ihnen. Und an die These reformatorischen Glaubens: Ein Christenmensch ist ein freier Herr über alle Dinge und niemandem untertan! Das heißt, er gebraucht die Dinge mit Maß und achtet darauf, daß er nicht von ihnen abhängig wird, daß er nicht ihr Knecht wird. Der christliche Humanismus formulierte nicht nur solche Parolen, sondern er führte die Menschen in einen *Lebensstil* ein: ars vivendi, die Kunst, sein Leben verantwortlich und glücklich zu führen. Es schien für einige Zeit, als hätte die alles Lebenswichtige selbst erzeugende technische Zivilisation die alte Kunst des Lebens überflüssig gemacht. Heute sehen wir: An der Frage, ob der Mensch das rechte Maß findet, ob er seine Grenzen beachtet, entscheidet sich das Überleben, die geschichtliche Zukunft unserer Zivilisation.

Aber wie findet der Mensch bei sich selbst die Kraft, die es ihm erlaubt, aus sich selbst heraus zu leben, ohne den Zwang, seine inneren Probleme mit einem zu großen Aufwand von äußeren Mitteln zu lösen? Hier können und müssen wir uns auf uralte Erfahrungen der Menschen besinnen, die sie durch lange Epochen hindurch erprobt haben. Ich kann nur paradigmatisch einige wenige nennen.

Die erste große Welle der Aufklärung in Deutschland ging gegen Ende des 18. Jahrhunderts zu Ende. Sie hat Fortschritte gebracht, auf die wir nicht verzichten möchten. Am Ende aber empfanden die Menschen, daß es nicht genügte, die äußere Welt vernünftig zu gestalten und die seelischen Tiefen und die inneren Abgründe des Menschen zu verdrängen. So gab eine Gruppe von Dichtern die Losung aus: »Nach innen geht der geheimnisvolle Weg. In uns oder nirgends ist die Ewigkeit mit ihren Welten, die Vergangenheit und Zukunft.« Das bedeutet nicht eigentlich eine Abwendung von der Welt, von den Dingen, wohl aber einen neuen Umgang mit ihnen. Die Welt war hier nicht bloß Materie, die man ausbeuten kann und darf; man entdeckte vielmehr das an den Dingen, was dem Inneren des Menschen verwandt und befreundet ist. »Sich nach den Dingen richten oder die Dinge nach sich richten, das ist eines«, konnte man sagen. Die Musik war neben der Dichtung das bevorzugte Mittel, um den Einklang des Menschen mit dem Universum auszudrücken. Die äußere Welt war nicht mehr ein bloß auszubeutender Steinbruch, sondern das Zuhause des Menschen. Man konnte fragen: Wo gehen wir denn hin in unserem Leben? »Immer nach Hause«, war die geheimnisvolle Antwort. Heute spricht die Wissenschaft der Ökologie davon, was es bedeuten würde, wenn Menschen die äußere Welt wieder als ihr Zuhause betrachten und behandeln würden.

Eine andere Dimension tritt hinzu. Im wirtschaftlichen Konkurrenzkampf haben wir mehr und mehr gelernt, den anderen, den Nebenmenschen als Konkurrenten zu sehen. Unbewußt durchtränkt das unsere ganze Gefühlswelt. Meine Freiheit, so sagen wir, endet, wo die Rücksicht auf die Freiheit des andern beginnt. Gewiß, das ist schon richtig, aber doch nicht alles. Der christliche Humanismus läßt uns entdecken, daß der Mitmensch, der Nächste, der Freund, der Nachbar nicht bloß die Grenze, sondern der größte Reichtum für den Menschen selbst ist. Das beste, das ein jeder von uns in sich hat, kann nur in der Begegnung mit dem Du des anderen erweckt werden. Der erste Johannesbrief sagt uns: Wer seinen Bruder nicht liebt, den er doch sieht, wie kann er Gott lieben, den er nicht sieht? Das heißt: Der Weg zum Allerhöchsten, was dem Menschen zuteil werden kann, nämlich Gott zu lieben und sich in seiner Liebe geborgen zu wissen, schließt die Bruderliebe notwendig ein.

Aber reden wir nun, wenn wir vom Weg ins eigene Innere und in die Gottes- und Nächstenliebe sprechen, nicht in weltfremder, romantischer Weise? Nun, gelebte Religion ist alles andere als ein Ausweichen vor den dunklen Seiten des Lebens, vor der schicksalhaften Härte der Welt, vor den unvermeidlichen und vor den schuldhaften Leiden des Menschen. Glaube, Gottvertrauen ermöglicht es gerade, dem Schmerz an dieser Welt standzuhalten, auch dem Schmerz am eigenen Versagen, an der Schuld, an allen Nichtigkeitserfahrungen. Ebendarum gewinnt der Mensch in der religiösen Erfahrung jene Souveränität, von der ich anfangs sprach, d. h. die Möglichkeit, die großen Spannungen und Konflikte in sich selbst zu verarbeiten dadurch, daß er mit seinem Gott und so mit sich selbst ins reine kommt, und sich aus verkehrten Bindungen an die äußere Welt zu lösen. Er erwartet das Heil und das Glück nicht mehr von den äußeren Dingen. »In uns oder nirgends ist die Ewigkeit mit ihren Welten!«

Eine Schule, wie die unsrige, kann dies alles nicht zu ihrem Programm machen. Auch die Möglichkeiten des alten humanistischen Gymnasiums waren in dieser Hinsicht durchaus begrenzt. Und doch gehört es mit zu dem Besten einer Schule, wenn in ihr ein Klima sich entwickelt, das offen, ja sogar anregend ist für das Erlernen der ars vivendi. Schüler nehmen oft das, was direkt und inhaltlich gelehrt wird, am wenigsten mit in ihr Leben, wohl aber recht viel von dem, was nebenbei geschieht, z. B. in der persönlichen Begegnung von Lehrern und Schülern, oder was sie sonst wirklich im Innern berührt hat. – Worum es geht, ist deutlich geworden. Um unser selbst und um unserer Mitmenschen willen sollten wir eine neue innere Souveränität entwickeln, welche die Fähigkeit zur weitschauenden Selbstbeschränkung einschließt. In einer Welt, wo wir überall auf äußere Grenzen stoßen, können wir nicht mehr unsere Lebenserwartungen durch immer wachsende materielle Ansprüche befriedigen. In einer Gesellschaft, in der viele von Arbeitslosigkeit bedroht sind, wäre es zynisch, noch weiterhin zu behaupten, daß der Mensch nur oder vor allem in der Arbeit sich selbst verwirklichen könne und müsse. Entwickeln wir aber von neuem wieder unsere inneren Kräfte, so werden wir auch am ehesten den äußeren Problemen begegnen können. So kann ich meine Rede nur mit dem Wunsch beschließen: Möge der Hermann-Tast-Schule, ihren Lehrern und ihren Schülern, viel Spielraum zur Ausbildung einer wahren ars vivendi beschieden sein. Denn ihrer wird es in den nächsten Jahrzehnten, in denen die Schule auf ihr fünfhundertjähriges Bestehen zugeht und in denen das zweite Jahrtausend unserer Zeitrechnung unter kritischen Vorzeichen zu Ende geht, ganz gewiß bedürfen.

7. Arbeitslosigkeit als Problem unserer Kirche. Gesichtspunkte für die Bearbeitung eines bedrängenden Themas der siebziger Jahre

Auf der Landessynode der Evangelischen Kirche von Kurhessen-Waldeck wurde dieser Vortrag am 30. November 1976 gehalten. Bei den Vorberatungen hatte es erhebliche Zweifel gegeben, ob es einer landeskirchlichen Synode möglich sei, sich mit einem so verzweigten Problem, wie es die heutige Form der Arbeitslosigkeit ist, zureichend zu befassen. Es kam also darauf an, ohne Verkürzung der Sachproblematik den spezifisch kirchlichen Zugang zur Sache deutlich zu machen. Das ist um so schwerer, als die ethischen Grundentscheidungen der Reformation in unseren evangelischen Kirchen weitgehend in Vergessenheit geraten sind, so daß man nicht ohne weiteres durch ihre Aktualisierung in den heutigen Lebensbedingungen gemeinsame Verhaltenskriterien finden kann. Dennoch hat der kritische Rückgang auf biblische und reformatorische Traditionen auch heute noch entscheidende konsensusstiftende Bedeutung. Das versucht dieser Vortrag zu zeigen. Die vorgetragene Kurzfassung wurde nachträglich erweitert und in der Festschrift für Landesbischof Wolfgang Heidland aus Anlaß seines 65. Geburtstags abgedruckt (veröffentlicht in: Verkündigung im Gespräch mit der Gesellschaft, Festschrift zum 65. Geburtstag von Landesbischof Professor Dr. Wolfgang Heidland, Karlsruhe: Evangelischer Presseverband für Baden e. V. 1977, S. 23–42).

Das Interesse einer Landessynode an aktueller Beratung trifft hier mit Überlegungen zusammen, wie theologische und kirchliche Ethik sich der Arbeitslosigkeit als einem Dauerproblem unserer Gesellschaft und damit unseres Lebensstils sachgerecht stellen kann.

1. Das neue Problemspektrum der Arbeitslosigkeit im Gesichtsfeld der Kirche

Noch vor wenigen Jahren hatte man in unserem Lande, anders als in Süd- und Südosteuropa, zwei Grundprobleme menschlicher Existenz beinahe vergessen: das der Armut und das der Arbeitslosigkeit. Auch heute bleibt die Armut noch weitgehend im Dunkel, obwohl nahezu sechs Millionen

Menschen in der Bundesrepublik von einem Einkommen leben, das unter den Regelsätzen der Sozialhilfe liegt. Die Arbeitslosigkeit hingegen zieht seit einigen Jahren das öffentliche Interesse auf sich, mehr noch als die verbreiteten Probleme der Alten und Kranken.

Wahrscheinlich müssen wir langfristig mit einem erheblichen Sockel an Arbeitslosen rechnen. Zu den allgemeinen weltwirtschaftlichen Schwierigkeiten kommt hinzu, daß neue Technologien immer mehr Arbeitsplätze überflüssig machen. Durchweg realisiert man die Automatisierungen, die technisch möglich und für den Betrieb effizient und profitabel sind. Die Entwicklung sozial ausgeglichener, arbeitsintensiver Technologien hingegen ist weder in den armen, volkreichen Ländern der Dritten Welt noch auf unserer nordwesteuropäischen Wohlstandsinsel mit Nachdruck betrieben worden und berechtigt daher einstweilen zu wenig Hoffnung.

Das Spektrum der Arbeitslosigkeit und ihrer Folgen für das Lebensschicksal ist sehr breit und kaum zureichend erforscht. Bei den folgenden Überlegungen haben wir vor allem die Gruppe der Arbeitslosen im Auge, die zur Arbeit bereit und fähig sind. Aber wir nennen hier auch einige andere Gruppen, um die Breite der Probleme zu verdeutlichen:

Arbeitslosigkeit aus Wahl, vor allem bei Gruppen der jungen Generation, welche sich aus Abneigung oder aus ideologischen Gründen der Arbeits- und Leistungsgesellschaft entziehen, kein Interesse an Ausbildung und Schulabschlüssen haben usw.

Arbeitslosigkeit der Privilegierten, die ohne planvolle eigene Tätigkeit von ihrem Vermögen leben oder als Frauen sehr gut verdienender Männer keinen Antrieb zu eigener Arbeit haben.

Arbeitslosigkeit von häufig oder chronisch Kranken, von Opfern der Verkehrsunfälle oder sonstigen Schwerbehinderten, deren Eingliederung in den Arbeitsprozeß viel Initiative und Entgegenkommen seitens der möglichen Arbeitgeber erfordern würde.

Arbeitslosigkeit alter Menschen, die nach dem Ausscheiden aus dem normalen Arbeitsleben kein sinnvolles Betätigungs- und Arbeitsfeld finden, höchstens Objekte von Beschäftigungstherapien werden und so ihr Selbstbewußtsein bedroht sehen.

Arbeitslosigkeit in der Dritten Welt, die wir überwiegend nur indirekt erfahren, die aber auch zum Teil durch die Herrschaft der Industrienationen im Weltwirtschaftssystem mitverursacht wird.

Im Zusammenhang des Wertesystems unserer Gesellschaft bedeutet die Arbeitslosigkeit für viele Betroffene eine tiefe Lebenskrise. Sie erfaßt oft die ganze leib-seelische Existenz, die Ehe, die Familie und die sozialen Kontakte. Manchen zerbricht ihr Lebensentwurf an der Arbeitslosigkeit.

Einer Gemeinde, die aus der Verheißung und Weisung Jesu Christi zu leben versucht und etwas weiß von der aufgegebenen brüderlichen Verbundenheit, kann das Schicksal ihrer von Arbeitslosigkeit angefochtenen Glieder nicht gleichgültig bleiben. Aber die Kirche darf sich nicht nur um die Arbeitslosigkeit und ihre Folgen kümmern. Sie wird vielmehr überdenken müssen, was sie über das Arbeiten, seinen Sinn und seine Bedeutung für den Menschen gelehrt hat und was ebendiese Lehre für alle die bedeutet, die heute arbeitslos sind. Es gilt also, die kirchlichen und theologischen Lehren und Einstellungen zur Arbeit zu überprüfen. Entsprechen sie den Intentionen der Heiligen Schrift? Werden sie dem heutigen Menschen in seiner Situation gerecht? Die Hilfen für Arbeitslose sollten bisherigen Versäumnissen der Kirchen und Fehlorientierungen aus der Tradition entgegenwirken und in den Gemeinden ein besseres Verständnis des ganzen Problemkreises herbeiführen.

2. Die kritische Rückfrage an die protestantische Tradition

Menschen, die sich das protestantische Arbeitsethos innerlich angeeignet haben, sehen sich durch Arbeitslosigkeit besonders scharf in Frage gestellt. Symptomatisch für viele protestantische Traditionen ist die These des bedeutenden Marburger Theologen *Wilhelm Herrmann* (gestorben 1922): »Sittliche Menschen sind also auf jeden Fall nur die Menschen, die arbeiten.« Arbeitslose, die sich an diesem Maßstab, der in popularisierter Form weit verbreitet ist, messen, sehen ihre sittliche Lebensgrundlage verloren.

Dem aktivistischen Arbeitsethos der Neuzeit entspricht der Wille zur Herrschaft über die Natur. Er ist gewiß kein Spezifikum des Protestantismus, aber doch von ihm mit besonderem Nachdruck ausgebildet worden. Neuere Kritiker behaupten, die technologische Zivilisation mit ihrer Ausplünderung des ganzen Planeten und der von ihr inszenierten Umweltzerstörung sei eine der »gnadenlosen Folgen des Christentums«, wie der Katholik *Carl Amery* formuliert hat. Mit dieser These schlägt freilich die bisherige Christentumskritik in ihr Gegenteil um. Sie hatte die Kirche getadelt, weil sie ernste Vorbehalte gegenüber der technisch-zivilisatorischen Dynamik hegte und immer wieder die Lebensbelange des Menschen ganzheitlich gegenüber einem einseitigen Fortschrittsglauben geltend machte. Wie es nun auch mit der Schlüssigkeit der einen oder der anderen Richtung der Kirchenkritik stehen mag, auf jeden Fall ist es unsere Aufgabe, uns auf die Arbeit – als Teil des tätigen Lebens – zu besinnen, um von daher auch das Geschick der Arbeitslosigkeit begreifen zu können. Anhalt für diese kritische Besinnung finden wir in der authentischen Botschaft der Bibel und in der reformatorischen Tradition ihrer Auslegung. Von vornherein ist freilich zu bedenken, daß innerhalb der menschlichen Lebensbetätigungen heute ein bestimmter Typus der Arbeit ein unmäßiges Übergewicht erhalten hat: die nach dem Gelde bewertete Arbeit. Der Arbeitsbegriff ist ökonomisiert worden. War früher die Arbeit sehr wesentlich nach ihrer mitmenschlichen Bedeutung eingeschätzt worden, so schaut man heute vor allem auf das Geld, welches ein Job einbringt. Nach diesem Maßstab richtet sich auch zunehmend das Sozialprestige. Andere Tätigkeiten, die früher soziale Anerkennung brachten, wie zum Beispiel Tätigkeiten in »Ehrenämtern«, werden geringer eingeschätzt, insbesondere und oft ganz kraß bei Frauen, deren viele Hilfsdienste ihnen bestenfalls Wohlwollen, meist aber keine Mitspracherechte und Beachtung in Kirche und Gesellschaft eintragen.

3. Biblische Traditionen

In der Antike galt oft die Lebensweise der körperlich Arbeitenden als unvereinbar mit bürgerlicher Bildung und Tugend. So bedeutete es eine Umwertung vieler Werte, daß das Christentum die Geringschätzung der körperlichen Arbeit und der arbeitenden Klassen nicht kannte. Nach biblischem Verständnis haben alle Menschen einen Auftrag Gottes an der Erde und der Mitkreatur zu erfüllen. Sie verwirklichen ihn vorwiegend durch ihre Arbeit, mit der sie den Lebensraum für alles Lebendige ordnen, so daß auch sie selbst ihren Lebensunterhalt finden. Die Menschen werden gewürdigt, an jenem göttlichen Schaffen, durch das unsere Welt kontinuierlich hervorgebracht wird, mitarbeitend Anteil zu haben. Ihre Arbeit dient nicht nur dazu, das eigene Leben zu fristen. Sie hat viel mehr einen weiterreichenden Sinn. Arbeit ist tätige Bejahung des von Gott geschenkten menschlichen und kreatürlichen Daseins in der Welt. Auf menschlicher Arbeit ruht Gottes Segen.

Nach alttestamentlichem Verständnis tritt es der Ehre Gottes nicht zu nahe, daß er selbst als ein Arbeitender dargestellt wird, der am siebenten Tag von seinem Schöpfungswerk »ruht«. Dieser Gott kann zu Israel sagen: »Mir hast du Arbeit gemacht mit deinen Sünden und hast mir Mühe gemacht mit deinen Missetaten.« (Jesaja 43,24)

Freilich ist die menschliche Arbeit schwer betroffen vom Mißbrauch der Freiheit durch die Menschen, vom Sündenfall. Fortan liegt auf der Erde um des Menschen willen ein Fluch. Der Boden bringt den Menschen nicht mehr leichthin, was sie brauchen. Mühsal und Schweiß verlangt er ihnen ab. Aber der Fluch, den Gott auf den Acker gelegt hat, ist nicht sein einziges und letztes Wort. Er erbarmt sich des Menschen in der Arbeit. Jesu Gleichnisse vom Reiche Gottes nehmen ihre Bilder oft aus dem Arbeitsleben, zum Beispiel des Sämanns, der backenden Hausfrau, des Weingärtners.

Die Arbeit ist von großer Bedeutung für die Beziehung von Mensch zu Mensch. Jeremia ruft sein »Wehe« aus über den, »der seinen Nächsten umsonst arbeiten läßt und ihm seinen Lohn nicht gibt und denkt: ›Wohlan, ich will mir ein großes Haus bauen ...‹« (Jeremia 22,13f.). Von der Arbeit als Frondienst in Ägypten befreit Gott sein Volk Israel. Er sieht, wie die harte Arbeit die Israeliten so niederdrückt, daß sie nicht auf den Gesandten Gottes hören (2 Mose 6,6–9).

Auch auf aller Mitkreatur lastet das von den Menschen im Sündenfall provozierte Verderben. Im ängstlichen Harren wartet daher die Kreatur darauf, daß sie durch die Befreiung des Menschen auch von ihrer Knechtschaft frei werde (Römer 8,18–23). Ein befreites Tun der Menschen ist bereits ihre Arbeit im Auftrage Christi. Sie macht Mühe, aber auf ihr ruht eine große Verheißung.

Beiden Dimensionen der Arbeit – der Freude, daß man mitschaffen kann und darf, und der Last, daß man sich um den Ertrag abquälen muß – wird in der Bibel eine Grenze gesetzt. Wie der Schöpfer am siebenten Tage geruht hat, so sollen auch die Menschen am siebenten Tage feiern, von ihrer Arbeit Abstand nehmen und dabei erkennen, daß sie nicht um der Arbeit willen da sind und nicht durch Arbeit Menschen sind, sondern letztlich darum, weil der Anruf Gottes an sie ergeht.

Diese Einsicht begrenzt den heute so beliebten Gedanken von der Selbstverwirklichung der Menschen durch Arbeit. Gewiß hat nach biblischem Verständnis die Arbeit große Bedeutung für das Menschsein der Menschen. Aber der Gedanke, daß die Menschen sich in ihrer Humanität durch Arbeit selbst hervorbringen, ist der Bibel ganz fremd. Sie spricht von der Gefahr, daß gerade der, der so direkt sich selbst verwirklichen, sein »Leben« gewinnen will, es dabei verliert, weil er nicht mehr offen ist für den, der Leben gibt. Das biblische Urteil über die Arbeit ist viel nüchterner. Indem der Mensch für seine Lebensfristung und die der Nächsten arbeitet, ist er seines Lohnes wert, kann er sich in der Mühsal der Arbeit seines Gottes getrösten und in der Freude des Schaffens des Segens, der auf diesem Tun liegt, gewiß werden.

Angesichts der Hindernisse, mit denen zu rechnen ist, muß Arbeit eine zielstrebige, der kreatürlichen Ordnung gerecht werdende Tätigkeit sein, die gemeinschaftlich ist und in der Kooperation die verschiedenen Gaben von Männern und Frauen, Alten und Jungen zur Geltung kommen läßt. Durch die Sünde, den Freiheitsmißbrauch, wird das Miteinanderarbeiten zum konkurrenzhaft-feindlichen Gegeneinanderarbeiten, wie denn der Hirt Abel von dem Ackerbauer Kain ermordet wird, weil der Arbeitsertrag des einen mehr als der des anderen Gott wohlgefällig erscheint. Nicht schon die Knappheit der Lebensmittel, sondern erst der mit Arbeit verbundene Geltungs- und Besitzanspruch schafft hier, wie so oft in der Menschheitsgeschichte, den tödlichen Konflikt.

4. Die Reformation und ihre Folgen

Eine merkwürdige, spätmittelalterliche Aufgabenteilung unter den Christen rief den Widerspruch der Reformation hervor: Die Vollkommenen sollten beten, Gottesdienst halten und nichts haben, die anderen aber vor allem arbeiten und geben und sich religiös von den perfekten Christen abhängig wissen. Im Gegenzug gegen eine derartige Teilung hat die Reformation dem Leben im weltlichen Beruf eine vollkommene geistliche Bedeutung zugesprochen: Ein jeder ist in seiner alltäglichen Arbeit zum fröhlichen Dienst an Gott und dem Nächsten berufen und befähigt. Luther hat die Arbeit und ihre Mühsal nicht verherrlicht, sie aber mit dem Dienstgedanken durchdrungen. Wer zum Glauben kommt, der tut auch seine Arbeit so, daß sie zum Nutzen der Mitmenschen ausschlägt. Als die Reformation begann, bedrängte schon mehr als ein halbes Jahrhundert lang eine ständige »Preisrevolution« mit schlimmen sozialen Folgen das Abendland. Im Zuge der reformatorischen Bewegung nahmen sich viele Städte mit Hilfe evangelischer Gemeinde- und Kastenordnungen der Probleme von Betteln, Armut und Arbeitslosigkeit an. In der Nürnberger

Kastenordnung von 1522 zum Beispiel heißt es: »Unter uns Christen mag nichts Schändlicheres erfunden werden, als daß wir öffentlich dulden und zusehen, daß die ..., welche von Christo kostbarlich und teuer erkauft und neben uns gleiche Glieder und Miterben Christi sind, Not, Armut und Kummer leiden, ja öffentlich auf den Häusern und in den Gassen verschmachten sollen.« Das war reformatorische Gesinnung – für die evangelische Kirche heute so maßgebend wie vor 450 Jahren.

Wo man »evangelisch« leben und handeln wollte, da packte man auch die Probleme der Arbeitswelt in neuer Weise an. Man versuchte, den Beschäftigungslosen – deren Zahl oft sehr groß war – Arbeit zu vermitteln, den Rechtlosen Bürgerrechte einzuräumen, unvermögenden jungen Menschen eine materielle Ausgangsbasis für die Familiengründung zu schaffen und den Arbeitsunfähigen eine zureichende Versorgung zu gewährleisten. Ein großer Teil dieser Bemühungen ist in den Kämpfen der Gegenreformation untergegangen und dann vergessen worden. Aber einiges hielt sich doch durch, besonders in großen Handelsstädten und ihren Kirchenordnungen. Die diakonische Bewegung des 19. Jahrhunderts konnte daran anknüpfen.

Die Reformation hat sich nicht das Arbeitsverständnis des aufkommenden Frühkapitalismus aufdrängen lassen, sondern sich mit Entschiedenheit an der Bibel orientiert und deren Intentionen in die damalige Zeit übersetzt. »Arbeiten muß und soll man, aber die Nahrung und des Hauses Fülle ja nicht der Arbeit zuschreiben, sondern der Güte und dem Segen Gottes«, meinte *Luther*. Entgegen einer weitverbreiteten neuprotestantischen Meinung kann man sagen: »Es führt keine Brücke von christlicher Arbeit zum modernen ›Kapitalismus‹.« (*Werner Conze*) Freilich sollte der tatsächliche Gegensatz zwischen dem reformatorischen und dem neuen ökonomischen Verständnis der Arbeit erst in der Folgezeit klar hervortreten.

Im säkularisierten, asketischen Puritanismus verwandelte sich die Arbeit aus einem notwendigen Mittel zum wichtigsten Zweck des Lebens. Strenge Erziehung zur Arbeitsdisziplin wurde vordringliche öffentliche Aufgabe, der Nichtarbeitende oft mit schweren Strafen bedroht und gezüchtigt. In Verbindung mit sittlicher Zucht und Verzicht auf Konsum galt erfolgreiche Arbeit nun als Zeichen dafür, daß man zu den von Ewigkeit her Erwählten gehörte (*Max Weber*). Dieser syllogismus practicus bereitete den Weg dafür, daß Arbeit zum Weg der zunächst frommen und dann profanen Selbstverwirklichung und schließlich zum entscheidenden Lebensinhalt, zur Religion wurde. »Woran du nun dein Herz hängest und dich darauf verlässest, das ist eigentlich dein Gott.« (*Martin Luther*)

5. Die neuzeitliche Ökonomisierung des Arbeitsbegriffes

Manche Psychologen halten es für die größte seelische Veränderung der Neuzeit, daß der Mensch es lernte, rastlose Arbeit als die wahre Lebenserfüllung zu empfinden (*Ernst Fromm*). Aber diese Veränderung war nur Teil eines viel umfassenderen Prozesses, innerhalb dessen – etwa um die Mitte des 17. Jahrhunderts – zum Beispiel die Wirtschaft sich als eigengesetzlich zu verstehen begann und nur noch an ihren eigenen Maßstäben gemessen werden wollte. Diese Einstellung stand in schroffem Widerspruch zu den sozialethischen christlichen Traditionen, die sich von der Spätantike über das Mittelalter bis zur Reformation und in das anschließende Jahrhundert durchgehalten hatten. Für sie war das Wirtschaften kein separater Handlungsbereich, sondern Teil eines ganzheitlichen Lebensvollzuges, der sich nach dessen – religiösen – Kriterien zu richten hatte und immer die Nützlichkeit für die Mitmenschen im Auge behalten mußte. Jetzt aber kam die Idee auf, daß der größte Nutzen für die Allgemeinheit entstehen würde, wenn jeder einzelne möglichst intensiv seinen eigenen Interessen nachjagte. Der säkularisierte Puritanismus hat diesen Individualismus gestärkt und seine Durchsetzung im England des 17. Jahrhunderts ermöglicht.

Die damit angebahnte Ökonomisierung des Arbeitsbegriffes hat *Adam Smith* besonders eindrucksvoll formuliert. Zur Leistungsgesellschaft, wie er sie vor Augen hatte, sollten nach seiner Meinung nur die produktiven Tätigkeiten (Urproduktion, Verarbeitung, Verteilung der Waren) gerechnet werden. Als unproduktiv galten hingegen die ökonomisch nicht wertschaffenden Tätigkeiten wie die der Dienstboten, Landesregenten, Militär- und Zivilbeamten, Pfarrer, Ärzte, überhaupt aller Gelehrten, Schauspieler, Tänzer, Sänger usw. Was sie hervorbrachten, schien keinen Tauschwert zu haben, und der Gebrauchswert wurde nun ökonomisch uninteressant. Hatte man im 16. Jahrhundert die Marktregeln noch an ihren Wirkungen für die Menschen des Gemeinwesens geprüft, so wurde nun das aus ökonomischen Mechanismen konstituierte Marktgesetz zum Grundgesetz der Gesellschaft, auf das sich alles andere einstellen mußte.

Für christliche oder humanistische Kriterien war hier kein Platz mehr, sie wurden in die Privatsphäre verwiesen und konnten höchstens noch in der karitativen Linderung der entstehenden Sozialschwächen zur Geltung kommen. Arbeit, sofern sie vom Marktgeschehen reguliert wurde, hatte nicht mehr einen ganzheitlichen Charakter.

6. Die idealistische und marxistische Gegenbewegung gegen die Ökonomisierung des Arbeitsbegriffs

Der deutsche Idealismus nimmt zwar die Ökonomisierung des Arbeitsbegriffes auf, versucht aber seine Partikularisierung aufzuheben, indem er das Verständnis der Arbeit anthropologisch und geschichtsphilosophisch vertieft. Für *Hegel* ist Arbeit zunächst die dem Menschen eigene zielgerichtete Tätigkeit zur Bedürfnisbefriedigung in der bürgerlichen Gesellschaft als dem »System der Bedürfnisse«. Diese Arbeit steht für ihn im Zusammenhang eines Emanzipationsprozesses, in welchem der Mensch sich von der Mühsal der Gebundenheit an die Natur und der Gefährdung durch sie entlastet und aus eigenem Antrieb eine Kultur hervorbringt. Indessen wird Arbeit im gesellschaftlichen (nicht mehr familialen) System der Bedürfnisbefriedigung immer arbeitsteiliger, immer abstrakter. Sucht der Mensch, in die Arbeit und ihre Ergebnisse seinen Geist hineinzulegen und ihn in diesen zu erfahren, so wird das in den arbeitsteiligen Produktionsprozessen immer stärker erschwert. Die Arbeit wird in dieser Hinsicht leeres Tun, fremdbestimmt und entfremdend. Hegel meint, der Mensch werde in der bürgerlichen Gesellschaft erdrückt von der Fülle und dem Gewicht der objektiven Arbeitsergebnisse vieler Generationen. Er kann sich subjektiv nicht mehr in ihnen wiederfinden. Entfremdung ist zur Schicksalsfrage für den arbeitenden Menschen geworden.

Karl Marx radikalisiert und anthropologisiert Hegels Einsichten. Der Mensch hat nicht mehr sein »Wesen« gegenüber den Verhältnissen, sondern ist selbst das »Ensemble der gesellschaftlichen Verhältnisse«. Da der Mensch aber in seiner Arbeit die Verhältnisse erzeugt, ist der wirkliche Mensch als Resultat der Arbeit der Gattung Mensch zu denken. Die Weltgeschichte ist nichts als die Erzeugung des Menschen durch die Arbeit. Die Entfremdung der Arbeit ist daher von absoluter Bedeutung; sie ist durch nichts aufzuwiegen. Erzeugt der Mensch (als Kollektivum) sich selbst unter kapitalistischen Bedingungen in entfremdeter Arbeit, so sind auch die anthropologischen Folgen der erzeugten Verhältnisse eben Entfremdung.

Erstmalig denkt Marx konsequent die Arbeit und den Menschen innerhalb der Figur, die wir heute »Regelkreis« nennen: Die vom Menschen geleistete Arbeit bringt gesellschaftliche Verhältnisse hervor, die ihrerseits den zu ihnen passenden Menschen hervorbringen, der wiederum in der Arbeit die Verhältnisse hervorbringt. Ist der Mensch (als Kollektivum) so auf die entfremdende Selbsterzeugung festgelegt, so gibt es nur einen Weg zur Humanisierung des Menschen: Er muß zum wirklichen Subjekt der Geschichte, also des Selbsterzeugungsprozesses des Menschen werden und den Menschen als das höchste Wesen für den Menschen erkennen. Das heißt: Er muß den gesamten Prozeß der Arbeit als Hervorbringung gesellschaftlicher Verhältnisse und Rückwirkung derselben auf den Menschen für seine Erkenntnis durchsichtig und für sein Handeln durchlässig machen, so daß Erkenntnis und Handeln die gesetzten Ziele wirklich erreichen.

Es ist das Elend des Marxismus, daß die bisherigen gesamtgesellschaftlichen Verwirklichungsversuche weder jene Durchsichtigkeit noch jene Durchlässigkeit auch nur annäherungsweise erreichen konnten. Im Gegenteil: In den staatssozialistischen Planwirtschaften werden mit Bedacht der Öffentlichkeit und der freien Diskussion die Grundlagendaten der »Pläne« vorenthalten und als monopolisiertes Herrschaftswissen gehortet. Damit ist die aus freier, spontaner Assoziation der Individuen entstehende gesellschaftliche Arbeit und allseitige Ausbildung des Menschen bereits am politischen Willen und nicht erst an den sonstigen Schwierigkeiten des Vollzugs gescheitert. Wir kennen leider nicht den Menschen, der (als Kollektivum) sich selbst in der Arbeit planvoll verwirklichen könnte.

7. Die Einschätzung der Arbeit im liberalen Industrialismus

Die demokratische Gesellschaft der »freien« und zugleich »sozialen« Marktwirtschaft versteht sich als Leistungsgesellschaft. Sie gibt der Arbeit einen hohen Rang und betont in ihrem Wertesystem die individuelle Leistung. Aber sie erkennt kaum die von Hegel, Marx und anderen dargestellten anthropologischen Implikationen der Arbeit. Oft glaubt man, die Entfremdung in der Arbeit und durch die Arbeit überwunden zu haben, vor allem dadurch, daß man den Arbeitnehmern jetzt höhere Löhne zahlt und ihnen damit einen gesteigerten Konsum und ein entsprechendes Sozialprestige ermöglicht. Die Entfremdung, die Verdinglichung und die Proletarisierung des Menschen aber wird in ihrem Kern damit nicht beseitigt. Das hat auch die konservative Kulturkritik sehr genau herausgearbeitet. »Dies ist nämlich der exakte Begriff des Proletariers: ein Mensch, der unter ein Sachsystem so entschieden subsumiert ist, daß die Antriebe, die in ihm selbst entspringen, nicht mehr zum Zuge kommen.« (*Hans Freyer*)

Die so dringliche Humanisierung des Arbeitsplatzes – als arbeitstechnische Gegenwehr gegen die Entfremdung, die Proletarisierung im Sinne Freyers – hat meist nur in den Zeiten guter Konjunktur eine gewisse Chance. Freilich stellt das soziale Sicherungssystem für den Arbeitsunfähigen und Arbeitslosen einen wichtigen Ausgleich dar, aber es hebt die entfremdete Situation der Arbeit nicht auf.

Angestellte und Arbeiter klagen immer wieder, daß sie in einer gespaltenen Welt leben: auf der einen Seite der Bereich der Familie, der so sehr als Ort der Reproduktion der Kräfte in Anspruch genommen wird, daß man den familialen Grundbedürfnissen, insbesondere der Kommunikation in der Familie, kaum noch genügen kann; auf der anderen Seite der Bereich der Arbeit mit seinen spezifischen Verhaltensnormen, die mit den kommunikativen Normen der Familie in einem Dauerkonflikt liegen. Für die berufstätigen Frauen, die in Kindererziehung und Haushalt die bedeutendsten Funktionen der Familie wahrnehmen, erreicht dieser Normenkonflikt oft eine besondere, ihre Kraft überfordernde Schärfe.

Die bürgerliche Theorie hat versucht, die Härte des Leistungswettbewerbs in der Konkurrenz-Marktwirtschaft zu rechtfertigen. Sie erklärt, daß nur hier jene Effizienz und Produktivität erreicht werde, welche die materiellen Bedingungen schaffe, um – sozusagen im dialektischen Gegenzuge – den Bereich der Familie und des Privaten für wirkliche Spontaneität frei zu halten und zu schützen. Für bürgerliche Mittelschichten mag diese Theorie praktisch zutreffen, wenn auch hier mit dem durch die Werbung angereizten Konsumzwang und anderen Faktoren längst schon gesellschaftliche Kräfte den sogenannten Freiraum der Familie kräftig besetzt haben. Für Arbeiter und kleine Angestellte aber und insbesondere deren Frauen sind die Normenkonflikte oft so stark, daß der private Bereich nicht mehr als Freiraum empfunden werden kann. Längst haben sich Normen der Arbeitswelt – zum Beispiel die Auslegung der Arbeit als zu messende Leistung – Eingang in das »interne« Wertesystem und die Gefühlswelt der Familie verschafft und verdrängen hier die qualitative, die emotional gestaltete Kommunikation. Der Irrglauben, daß der Mensch durch Arbeit, deren Wert entscheidend im finanziellen Entgelt ausgedrückt wird, die »Selbstverwirklichung« des Menschen ermögliche, erdrückt vielfach die humaneren Wertvorstellungen und Lebensmöglichkeiten.

8. Die Rolle der christlichen Kirchen beim Aufkommen der heute herrschenden Arbeitsreligion

Die Kirchen haben sich durchgängig für den Schutz und die Erhaltung des persönlichen Freiraums der Familie eingesetzt, aber deren Gefährdung durch das Aufkommen der modernen Arbeits- und Leistungsgesellschaft nicht zureichend beachtet und bekämpft. Im ganzen haben sie sich der Steigerung des Berufs- und Arbeitsethos zur Arbeitsreligion kaum zureichend widersetzt, die protestantische wohl noch weniger als die katholische Kirche. Das gilt für die große industrielle Revolution nach 1871 ebenso wie für jene Amerikanisierung des Berufsverständnisses nach 1945, welche die Perspektive auf den geldbringenden »Job« rücksichtslos durchgesetzt hat. Damit verschwanden vollends die Traditionen, welche die Arbeit auch unter dem Gesichtspunkt beurteilten, ob sie dem ferneren Nächsten zugute sich auswirkte oder etwa gar schwächeren Gruppen der Gesellschaft zum Nachteil ausschlug. Das Ergebnis dieser Entwicklungen ist ein Normengefüge, ein Wertesystem, in welchem die Selbstverwirklichung durch bezahlte Arbeitsleistung ganz an der Spitze steht und einen pseudoreligiösen Vorrang einnimmt.

Die sich immer mehr verstärkende Fremdheit der Kirche gegenüber der industriellen Arbeitswelt beraubte sie vieler Möglichkeiten, mit Kompetenz der Herrschaft der Arbeitsreligion entgegenzuwirken. Diese hält den Menschen wie ein »Gesetz« – im theologischen Sinne – gefangen und treibt ihn zur Leistung auf Kosten seines leib-seelischen Gleichgewichts und seiner Verbundenheit mit seinen Mitmenschen. Die befreiende Botschaft, daß wir die grundlegende Gemeinschaft unseres Lebens – mit Gott und dem Nächsten – uns nicht verdienen, sondern nur als Geschenk erfahren können, wird blockiert.

9. Arbeitslosigkeit als Lebenskrise in der Leistungsgesellschaft

Was die Arbeit – auch die entfremdete – dem Menschen unserer Gesellschaft bedeutet, läßt sich eindringlich an den Arbeitslosen erkennen; denn ihnen wird entzogen, was die so oft als Last empfundene Arbeit nun doch auch positiv für ihr Leben war. Das ist naturgemäß sehr unterschiedlich. Schon darum treffen auch die Folgen der Arbeitslosigkeit die einzelnen und die Familien verschieden. Indessen sind die Verschiedenheiten nicht von der Art, daß sich nicht aus den Erfahrungen typische Grundtendenzen erheben ließen. Angestellte der Arbeitsämter, Ärzte, Familien- und Eheberater, Psychologen und Erziehungsberater, Seelsorger und manche andere haben viele Erkenntnisse gesammelt, die freilich meist verstreut vorliegen und daher im großen und ganzen unberücksichtigt bleiben. Aus der Zeit der Arbeitslosigkeit nach 1928 gibt es viele wertvolle Untersuchungen und Erfahrungsberichte. Sie mit den gegenwärtigen Erfahrungen zu vergleichen, wäre sehr hilfreich. Jedenfalls kann die heutige christliche Gemeinde an der Lebenskrise der Arbeitslosen nur dann brüderlichen Anteil nehmen und sachgerecht helfen, wenn sie diese Krise in ihrer Tiefe erfaßt. Sie muß sehen, welche Fragen an ihr eigenes Lebensverständnis und ihre Bewertungskriterien – zum Beispiel gegenüber der Leistung – jetzt aufgeworfen werden.

Fast alle Arbeitslosen müssen den Nachteil eines erheblich verringerten Einkommens hinnehmen. Das trifft sie sehr unterschiedlich. Der Arbeitslose aus eigener Wahl, zum Beispiel derjenige, der sich der Leistungsgesellschaft prinzipiell entzieht und einen alternativen Lebensstil entwickelt, oder der Arbeitslose, der eine neue Stellung unter seinem bisherigen Einkommensniveau nicht akzeptiert und auch ohne Arbeit »ganz gut« lebt, ist in einer völlig anderen Lage als derjenige, der ganz selbstverständlich Arbeit sucht. Nur auf den letzteren beziehen sich die folgenden Überlegungen.

Arbeitslosigkeit zehrt an der Selbstachtung und führt meist zum Rückzug aus dem Gemeinschaftsleben und den Sozialkontakten. Besagen die sozialen Normen in einer Gesellschaft, daß sich der Mensch durch geldbewertete Arbeit selbst verwirkliche, so bedeutet Arbeitsplatzverlust auch das Abgeschnittenwerden von den Möglichkeiten der Selbstverwirklichung. Der Arbeitslose vermutet, daß die Achtung der Mitmenschen und damit seine soziale Stellung ihm verlorengegangen sei. Daher wird er ungesellig und zieht sich in den engsten Kreis zurück.

Arbeitslosigkeit destruiert das in Selbstdisziplin dem täglichen, wöchentlichen und jährlichen Arbeitsrhythmus abgewonnene Zeitgefüge und Zeitgefühl. Die wertvolle Freizeit verwandelt sich in wertlose, leere Zeit. Wer sich von der Zukunft abgeschnitten fühlt, dem rückt die Lethargie an die Stelle von Erwartung und Hoffnung.

Arbeitslosigkeit führt nicht nur zum Verlust des sozialen Kontaktgefüges, das mit dem Arbeitsplatz verbunden ist, sondern entfremdet auch von der vertrauten Umgebung, Nachbarschaft, Freundschaft. Selbst in der eigenen Familie fühlt sich der Arbeitslose leicht als Versager beurteilt und reagiert mit Abkapselung, Gleichgültigkeit oder Gereiztheit. Die schweren Folgen des veränderten Familienklimas für die Frauen und Kinder, zum Beispiel für deren Schulleistungen, sind durch Untersuchungen deutlich herausgearbeitet worden.

Arbeitslosigkeit untergräbt das Vertrauen zum Mitmenschen, zum Betrieb, zur Wirtschaft, zur Gesellschaft, zur politischen Ordnung und zehrt damit zugleich am Selbstvertrauen. Wo das Leben nicht mehr von einem – meist unreflektierten und unbewußten – Vertrauen getragen wird, neigt der Mensch zu extremistischen Kurzschlüssen oder apathischen Verhaltensweisen.

Die Lebenskrise vieler Arbeitsloser zeigt sich in den oft statistisch nachweisbaren verstärkten Tendenzen zur Selbstdestruktion (Alkoholismus, Drogen, Selbstmord) oder – seltener – zu nach außen gerichteter Aggression (Kriminalität, politischer Extremismus). Alles das sind Reaktionen auf die »von außen« kommende Zerstörung des eigenen Lebensentwurfs.

Die seit der Kindheit eingeübten, in den Sozialisationsprozessen eingeprägten Wertvorstellungen, die auf den Gelderwerb als exklusives Arbeitsziel zugeschnitten sind, quälen den Arbeitslosen, der sich meist nicht kurzfristig an anderen Werten, an einem alternativen Lebensentwurf, orientieren kann. Hat er immer wieder erfahren, daß nur mit Geld bezahlte Arbeit »richtige«, allseits anerkannte Arbeit ist und daß vor allem sie Sozialprestige verleiht, so sieht er jetzt keinen Weg mehr, sich die Achtung seiner Umwelt zu erwerben. Auf ein Dasein unter diesen Bedingungen ist der Arbeitslose nicht vorbereitet. Kaum eine der heutigen Gemeinden vermag ihn zu begleiten. Sozialarbeiter, Sozialpädagogen und Ärzte sind bestenfalls in der Lage, diejenigen aufzufangen, bei denen sich destruktive Wirkungen deutlich zeigen. Erst mit ihnen treten sie in fortlaufende Kontakte ein.

10. Die besonders Betroffenen

Arbeitslosigkeit trifft die sozial schwächeren, auch sonst benachteiligten Gruppen am härtesten: Frauen, Behinderte, Ältere, Fremdarbeiter und Jugendliche. Einige Institutionen, zum Beispiel das Diakonische Werk, bemühen sich, unter anderem auf gesetzgeberischer Ebene, derartige Benachteiligungen auszugleichen. Allerdings ist es ein weiter Weg vom Gesetz bis zu einer konkreten Durchführung im einzelnen Fall.

Die Jugendarbeitslosigkeit muß uns wegen ihres voraussichtlichen Ausmaßes und um ihrer menschlichen und gesellschaftlichen Folgen willen am meisten beunruhigen. Sie trifft Heranwachsende, die noch kein festes Lebensgefüge aufbauen, noch keine geprägte »Personalität« und »Identität« gewinnen, noch keinen Platz in der Achtung der anderen erobern konnten. Lebensangst, Fehlverhalten, Schwächung der Ich-Stärke und des Charakters sind bei ihnen als Dauerfolgen zu befürchten.

Auch unter den Jugendlichen werden die Schwächeren am häufigsten von der Arbeitslosigkeit betroffen: die Sonderschüler, die Schulabbrecher und alle diejenigen, die jeweils das niedrigste Ausbildungsniveau haben. Meist handelt es sich um Jugendliche aus den sozialen Unterschichten. Unter den Jugendlichen sind wiederum die Mädchen am stärksten benachteiligt. Elternhaus wie Gesellschaft treten immer noch nicht konsequent dafür ein, daß sie eine Ausbildung erhalten, welche derjenigen der Jungen gleichwertig ist. So finden sie auch schwerer einen Arbeitsplatz und gleichwertige Entlohnung.

Sind Betriebe zu Kündigungen gezwungen, so versuchen sie bevorzugt, den Arbeitsplatz für die Männer zu erhalten, meist wohl in der Erwartung, daß die Folgen der Arbeitslosigkeit einer Frau in der Familie leichter aufgefangen werden können. Für unverheiratete Frauen, insbesondere alleinstehende Mütter, ergeben sich daraus große Härten.

Eine demokratische Gesellschaft wird kaum existenz- und belastungsfähig sein, wenn sie einer großen Zahl von Jugendlichen wenig reelle Chancen gibt, durch »redliche Arbeit«, auf »normalem Wege« sich ihr Leben aufzubauen. Die unter diesen Umständen unvermeidlichen Vertrauenskrisen werden die demokratische Qualität des öffentlichen Lebens unweigerlich beeinträchtigen.

11. Arbeitslosigkeit als Problem der Kirche

Eine rein pragmatische Beschäftigung mit der Arbeitslosigkeit steht der Kirche nicht gut an. Sie wird vielmehr den geistlichen Zugang zu dieser Sache erstreben, das heißt einen Zugang, der durch die Rückfrage an die Heilige Schrift, die christlichen Traditionen und die gegenwärtige glaubende Existenz der Gemeinden bestimmt ist. Dabei kann es nicht bloß um das Problem der Arbeitslosigkeit gehen, sondern es muß deren Zusammenhang mit der Arbeit und den in sie inkarnierten Wertvorstellungen bedacht werden.

Die Welt der Arbeit ist in unseren Gottesdiensten kaum präsent. Die christliche Existenz wird bei uns heute tief in Sonntagsleben und Alltag aufgespalten. Daher wird das Faktum der Arbeitslosigkeit vieler in den Gemeinden kaum wahrgenommen. Arbeitslose werden ihrerseits kontaktscheu und ziehen sich auch aus dem Gemeindeleben zurück, sofern sie überhaupt an ihm teilgenommen haben. Auch das erschwert den Gemeinden, an den Lebenskrisen der Arbeitslosen teilzunehmen. Eben das aber ist nach 1. Korinther 12 der Auftrag der Gemeinden: »Gott hat den Leib Christi (als Gemeinde) zusammengefügt und dem geringeren Glied höhere Ehre gegeben, auf daß nicht eine Spaltung im Leibe sei, sondern die Glieder füreinander sorgen. Und wenn ein Glied leidet, so leiden alle Glieder mit.« Wie können wir diesem Auftrag gerecht werden? Wie können wir als Glieder der Gemeinde füreinander sorgen? Was hier zu sagen ist, gehört auf verschiedene Ebenen. Es wird leicht als idealistisches, ja illusorisches Postulat erscheinen, wenn es an Gemeinden adressiert wird, die in traditionaler »Mittelstandsmentalität« vor allem am bürgerlich-religiösen Wohlverhalten in betonter Distanziertheit der einzelnen gegeneinander interessiert sind. Der Sache nach aber muß es sich um die Forderung nach Umkehr handeln; ist sie uns auch aus eigener Kraft nicht möglich, so ist doch verheißen, daß das Evangelium uns zur Umkehr frei macht, daß gehörtes Evangelium Umkehr ist.

Ein erster Schritt besteht in dem Bemühen der Gemeinde, überhaupt erst zu erfassen und sich gemeinsam vor Augen zu stellen, was Arbeitslosigkeit als Lebenskrise und als Kontaktkrise bedeutet. Arbeitslose empfinden ihr Geschick oft als Makel. Sie befürchten latent, von der Umgebung als Schmarotzer der Gesellschaft angesehen zu werden. Vermögen wir als Gemeinde, den Arbeitslosen, die zu uns gehören, dieses negative Gefühl zu nehmen? Oder sind die Vorurteile zu stark bei uns, also jene Abneigungen, die man gegen alle Leute mit einem möglichen Makel hegt, wie wir es an uns selbst im Umgang mit Drogenabhängigen, Alkoholikern, Strafentlassenen, psychisch Labilen, ledigen Müttern usw. erleben? Schon in der Liturgie und der Predigt, in Gemeindeveranstaltungen und im Unterricht müßte der soziale Bann, der unsichtbar über den Randgruppen, und jetzt auch den Arbeitslosen, liegt, gebrochen werden.

Gemeinden können helfen, wenn sie Gelegenheiten zum Austausch und Kontakt von Arbeitslosen untereinander schaffen. Der beste Kontaktmann zu Arbeitslosen ist der Arbeitslose. Die beste Hilfe ist die Ermöglichung von Selbsthilfe. Für den Arbeitslosen gilt es, die innere Krise zu bewältigen und gleichzeitig den Kampf um den neuen Arbeitsplatz und, besonders bei Jugendlichen, um bessere Ausbildungsqualifikationen zu führen. Auf beiden Kampfplätzen bedarf es der sachverständigen und taktvollen Begleitung. Und es bedarf der Beratung der begleitenden Berater.

Neue Kommunitäten, viele Jugendliche und Intellektuelle bemühen sich heute um einen »alternativen Lebensstil«. Nicht Einkommen und Konsum sollen an der Spitze stehen, sondern sinnvolles Auskosten der (freien) Zeit und die Entfaltung gehaltvoller menschlicher Beziehungen, so daß Menschen ihre Mitmenschen wieder als Reichtum ihres Lebens erfahren. So wichtig das Thema »alternativer Lebensstil« für uns ist, so wenig werden wir in aller Regel die Arbeitslosen in dieser Hinsicht ansprechen können. Noch in Trauer, Enttäuschung und Zorn darüber, daß Betrieb und Beruf sie nicht mehr brauchen, erwarten sie vor allem Hilfe im Kampf um den neuen Arbeitsplatz und – meist unbewußt – menschliche Hilfe.

12. Was können die evangelischen Kirchen auf überparochialer Ebene tun?

In Erklärungen, Studien und Denkschriften beteiligen sich die Kirchen an der Diskussion um die Grundwerte unserer Gesellschaft. Es ist wichtig, daß Beauftragte der Kirchen in besonders schwerwiegenden konkreten Fällen – wie Betriebsstillegungen – präsent sind und zum Beispiel im Rahmen der Sozialpläne die Überleitungsmaßnahmen für die Belegschaften mit bedenken. Hier geht es um die Konkretisierung offiziell proklamierter Grundwerte unseres Gemeinwesens. Noch wichtiger aber ist, die öffentliche Diskussion zu beeinflussen. Folgt man nämlich in der Wirtschaft nur den Zielen der technischen Rationalität, der höchsten Effizienz, des optimalen Gewinns, so wird man oft auf arbeitskraftintensive Produktionsweisen verzichten, wird also auch Arbeitsplätze vernichten, die auf andere Weise wirtschaftlich rentabel wären. Es widerspricht aber dem im Grundgesetz verankerten Prinzip der Sozialstaatlichkeit (Art. 20 Abs. 1, Art. 28 Abs. 1 GG), wenn Menschen lange Zeit und ohne absolut zwingende Umstände aus dem Arbeitsprozeß ausgeschlossen werden. Die Kirchen brauchen, wenn es um das »Recht auf Arbeit« geht, die Bundesrepublik nur an ihre eigenen Vereinbarungen zu erinnern; denn sie ist den UNO-Menschenrechtskonventionen von 1966 beigetreten. Art. 6 der ersten dieser beiden Konventionen erhebt das Recht auf Arbeit zur Zielbestimmung für staatliches Handeln.

Kapitalbesitzer, Unternehmer und Gewerkschaften, die Regierungen und die öffentliche Hand haben hinsichtlich des Problems der Arbeitslosigkeit je ihre eigenen Interessen, was man nicht zuletzt in den Tarifverhandlungen erkennen kann. Oft fragt man sich, wer hier wirklich die Interessen der Arbeitsuchenden vertritt. Es steht der Kirche gut an, dieses auch heute so zu tun, wie es schon in den reformatorischen Gemeindeordnungen geschehen ist (vgl. oben, Abschnitt 4).

Die Kirchen sind selbst Arbeitgeber in bedeutendem Ausmaß. Unbeschadet dessen, daß schon viel geschehen ist, ist immer wieder zu prüfen, ob nicht noch eine vermehrte Beschäftigung bestimmter sozial schwacher Gruppen von Arbeitslosen (zum Beispiel von Körperbehinderten) oder von Jugendlichen auf geeigneten Arbeitsplätzen möglich ist. Oft können die erheblichen Eingliederungsmittel, welche die öffentliche Hand zur Verfügung stellt, nicht voll genutzt werden, weil Arbeitgeber fehlen, welche die Mühe der Einstellung solcher Arbeitsloser auf sich nehmen können und wollen. Die Synoden diskutieren die Berichte der diakonischen und sonstigen kirchlichen Verbände. Was durch diese für Arbeitslose getan wird und künftig getan werden muß, die erfolgreichen Hilfsmaßnahmen wie die anfallenden Schwierigkeiten, sollten der kirchlichen Öffentlichkeit und den lokalen Gemeinden bekannt werden.

13. Gesichtspunkte für die kirchliche Ethik der Arbeit

In der kirchlichen Ethik früherer Jahrhunderte hat das Problem der Arbeit einen viel höheren Rang eingenommen als in der Ethik der letzten Jahrzehnte. Die Probleme der Arbeitslosigkeit rufen uns ins Bewußtsein, daß die Verkündigung, der Unterricht, die Seelsorge, die Lebensberatung und das soziale wie diakonische Handeln klarer und theologisch begründeter Kriterien bedürfen, will man sich nicht bloßer Anpassung an aktuelle Meinungen schuldig machen. Arbeit hat zweifellos fundamentale Bedeutung für die Menschlichkeit des Menschen. Das muß gerade dann mit Entschiedenheit gesagt werden, wenn man die kurzschlüssige These von der Selbstverwirklichung des Menschen durch Arbeit zurückweist. Sie ist irreführend, weil sie entweder den einzelnen zu sehr auf ein isoliertes Selbstseinwollen fixiert und dabei die kollegiale, mitmenschliche Dimension der Arbeit, die Erfahrung der Solidarität in der Arbeit, verdunkelt oder die geschichtsphilosophische These von der kollektiven Selbstverwirklichung der Menschheit in unerlaubter Weise auf das persönliche Leben überträgt. Die vom Menschen durch Arbeit produzierte Welt gehört zu den Bedingungen, unter denen sich die Mitmenschlichkeit des Menschen konstituiert. Arbeit ist aber nicht die alleinige und auch nicht eine in sich eindeutige Bedingungsquelle. Vielmehr muß sich die produzierende Menschheit heute zur Ganzheit der menschlichen Biosphäre verhalten. Die Offenheit des Menschen für Gott als Quelle der Menschlichkeit der Menschen wird vor dem Kurzschluß bewahren, daß der Mensch sich seiner eigenen Produktivität verdanke.

In dieser Perspektive ist die Absolutsetzung der Arbeit nicht möglich und schon gar nicht die verengte Festlegung der Arbeit als Job zum Gelderwerb. Arbeit wird wieder zum Teil der ganzheitlichen Lebensbetätigung des Menschen, begrenzt durch andere Tätigkeiten bis hin zum Spiel und relativiert durch die Ruhe und das Feiern als Gegengewicht, das zum Lösen der Arbeitszwänge unentbehrlich ist. Christliche Ethik wird also der Ökonomisierung des Arbeitsbegriffs in den bürgerlichen und sozialistischen Leistungsgesellschaften entgegenwirken müssen.

Ist die Wertung der Arbeit als Lebensbedingung auf diese Weise relativiert, gilt also die Arbeit nur als eine der Tätigkeiten, die den Beruf und die Bestimmung des Menschen ausmachen, so muß auch eine durch die objektiven Faktoren der Arbeitsmarktlage verursachte Arbeitslosigkeit nicht mehr als Lebenskrise verstanden werden. Voraussetzung dafür aber ist, daß im Wertesystem der Gesellschaft andere Tätigkeiten neben der Arbeit die Bestimmung und den Beruf des Menschen definieren. Die unentgeltliche Betätigung in der Familie, der Verwandtschaft und Nachbarschaft, die nebenamtliche und ehrenamtliche Tätigkeit sollte daher neue Beachtung finden. In ihr kommt die Zuwendung zum Menschen oft am klarsten zum Ausdruck, nur durch sie wird vieles möglich, was das Leben in der Gemeinschaft lebenswert und liebenswert macht. Ein solches Verständnis menschlicher Aufgaben gewinnt freilich nur Kraft, wenn es in der Erziehung vorbereitet wird und in der Öffentlichkeit immer wieder eindrucksvoll zur Darstellung kommt.

Die christliche Ethik hat nicht nur die Aufgabe, ein Ethos zu entfalten. Sie muß dieses Ethos vielmehr ständig an der Lebenswirklichkeit überprüfen und so konkrete Verhaltenskriterien gewinnen. Wie wichtig diese prüfende und urteilende Funktion der Ethik ist, zeigt sich zum Beispiel an der Rolle, die den Frauen in der Arbeit heute zukommt. Die traditionelle Ethik der Kirchen legte die Frauen darauf fest, ihre Lebenserfüllung im Haushalt, der Familie, den elementaren Pflege- und Sozialdiensten zu suchen. Nur zaghaft führen erste Vorstöße ein wenig darüber hinaus, wie zum Beispiel die Denkschrift eines Ausschusses der Evangelischen Kirche in Deutschland zur »Teilzeitarbeit der Frauen«. Aber die alte Rollenfestlegung wird heute von vielen Frauen nicht mehr akzeptiert, zumal sie im Wertesystem keinen zureichenden Rückhalt mehr hat. Diesem zufolge wird heute Hausarbeit nicht als wirkliche »Arbeit« anerkannt. Der Geldverdiener der Familie beansprucht wie selbstverständlich einen ersten Platz. Was es an seelischer Anstrengung bedeutet, den Haushalt, die Wohnung, das Familienklima so zu gestalten, daß es Chancen der Lebensfreude und wahrer Rekreation bietet, kommt kaum in den Blick. Viele Frauen suchen in dieser Lage eine geldbringende Berufsarbeit, selbst wenn das Mitverdienen der Frau dem Ehemann nicht notwendig erscheint; sie suchen ihre Selbständigkeit, die fehlenden sozialen Kontakte, die Anerkennung auf diesem Wege und meinen, sich nicht anders »selbst verwirklichen« zu können. Aber das geschieht, ohne daß die Rolle der berufstätigen Frauen im Haushalt und der Familie zureichend umstrukturiert wird. So stellen sich Überlastungen und Normenkonflikte ein, welche auf die Dauer viele Frauen überfordern müssen. An der Frage nach unserer Arbeitswelt wird also auch die Frauenfrage als Problem der gesamten Gesellschaft akut.

Für die kirchliche Ethik wird es von großer Bedeutung sein, daß sie nicht in einem bloß deduktiven Verfahren aus der Heiligen Schrift und der christlichen Tradition Verhaltensnormen formuliert und in Verkündigung und Unterricht vermittelt, sondern die vielfältigen Erfahrungen der verschiedenen Gruppen der Gesellschaft sorgfältig wahrnimmt, sie mit normativen Kriterien verbindet und so eine Verhaltensorientierung entwickelt, die dem Wandel der tatsächlichen Lebenssituation gerecht wird. Der vor wenigen Jahren erfolgte plötzliche Einbruch der Arbeitslosigkeit macht deutlich, wie nötig solche flexible, auf gemeinsamer, methodischer Urteilsfindung beruhende Ethik für das Handeln der Kirche ist.

Register

1. Stichwörter

Sehr häufig mitbehandelte Sachbereiche wurden nicht als Stichwörter aufgenommen, zum Beispiel Theologie, christlich, Gesellschaft, sozial, Leben.

Abschreckung 18f., 24, 30, 55, 81
Aggression 18f., 24–27, 93, 108, 134
Ambivalenz 12, 44, 72, 77, 79, 87–89, 96
Angst 24, 30f., 34, 48, 52f., 55, 62, 89, 104f., 108, 135
Anthropologie vgl.: Mensch
Arbeit 13, 69, 74, 81f., 91, 102, 112–117, 120, 123–132, 135f., 138–140
Arbeitslosigkeit 13, 80, 89, 107, 115f., 120–124, 126, 131, 133–139, 141
Bedürfnisse 16, 30, 61, 79, 81, 90, 94, 99f., 108, 129
Demiurg 21–23, 25f., 28, 32f., 74, 85
dominium terrae 92f., 103f.
Entfremdung 32f., 74, 129–131, 133
Entwicklung(sländer) 12, 25, 53–56, 58f., 66–69, 81f., 84, 109
Erziehung, Bildung, Unterricht 11, 56–58, 61, 68, 111–115, 119f., 124, 127, 130, 135, 137, 139–141
Eschatologie vgl.: Zukunft
Ethik, Sozialethik 6–14, 16, 20, 37, 39, 43–45, 47, 66, 78f., 85, 87, 97, 99, 102, 111, 113, 121, 123, 128, 139–141
Fortschritt 12f., 19, 22, 26, 46, 48, 50, 56, 67, 69, 75–77, 79–81, 87, 94–96, 100, 102, 124
Frauen 115, 122, 124, 131, 135, 140
Freiheit, Befreiung 12, 19–21, 34, 53, 56, 58, 60, 63, 66, 69, 71f., 74f., 79–81, 84, 86, 91, 95, 99, 105, 108, 112f., 118f., 125f., 130–132, 136
Frieden 24f., 33, 53, 56, 58f., 61, 68, 84, 88, 108
Gerechtigkeit 9, 12, 33, 49f., 62f.

Geschichte 10, 31, 40, 46f., 50, 52f., 71–74, 90, 129f.
Gesetz 17f., 28, 48, 51, 91, 93, 104, 128, 132
Gestaltung siehe: Handeln
Gewalt (vgl. auch: Aggression) 56, 61, 67, 104, 108
Glaube 7f., 33f., 41f., 46, 48, 52, 57, 59, 63f., 79f., 84, 92–95, 97–99, 101, 103–105, 111f., 118f., 126, 136
Handeln, Gestalten (vgl. auch: Arbeit) 9–11, 20f., 26–28, 31–33, 35, 43–47, 57, 64, 67, 74, 76–78, 82, 85, 91f., 94, 98, 104, 130
Herrschaft 19, 21f., 26, 30f., 39, 44, 51, 58, 65, 69f., 79f., 94, 123, 130
Hoffnung 29, 31–34, 45f., 48, 50, 53, 62–64, 80, 96f., 108, 134
Humanum, Humanismus siehe: Mensch
Identität 11, 20, 23, 31–34, 51, 135
Individualismus, einzelner 7, 12, 52, 60, 98, 128, 130, 136
Industrie(nationen) 6, 10, 17, 25, 38, 55, 66–69, 80–82, 84f., 89f., 100, 106, 109, 116, 122, 132
Kernenergie; Energieproblematik 13, 87–90, 98, 100f., 103, 105–107, 109, 116f.
Kirche 7–9, 13f., 16, 19, 23, 30, 35, 43, 50f., 53f., 58f., 64, 73f., 87, 97, 108, 121, 123f., 127, 132f., 136–141
Krise, Umbruch 16, 31, 34f., 40, 43, 45, 47–50, 53, 57, 60, 73, 97, 102, 108, 111, 116, 122, 133–137, 139
Leiden 11, 20, 27–34, 63f., 86, 97f., 119, 136
Liebe 18, 26, 28, 30, 32f., 45, 52, 57, 59–62, 84, 86, 93, 112, 119
Luthertum; Lutherischer Weltbund (LWB) 12, 49, 60, 64
Macht 55–58, 61, 63, 69, 71–73, 95, 106
Marxismus 33, 70, 74, 76, 79, 95f., 129f.
Menschenrechte; Menschenwürde 49, 64f., 72, 74, 138
Mensch(lichkeit), Humanum 8, 11, 15–18, 20, 22–35, 50, 59, 62–64, 74–76, 78, 86, 90–100, 102, 104, 108, 112, 117–120, 125, 129–131, 139
Methode 10f., 22, 24, 35, 75–77, 82f., 114
Natur 10, 21f., 31, 43, 55, 62, 71–75, 78, 81, 85, 90–95, 97f., 104–107, 123, 129
Normen 8, 10f., 40, 131, 133, 140f.
Ökologie; Umweltproblematik 9, 25f., 89, 93, 103–105, 116–119, 123, 139
Ökumene, Ökumenischer Rat der Kirchen (ÖRK) 15, 17, 19, 21, 29, 35, 53f., 59, 66, 109
Ordnungen (vgl.: Strukturen) 17f., 21, 26, 43f., 60, 62, 85, 104, 126
Rechtfertigung(slehre) 7f., 10, 12, 49f., 52
Reformation 7f., 43f., 51f., 111f., 118, 121, 124, 126–128, 138
Reich Gottes 46, 50f., 96, 125
Religion 6f., 33, 40, 44–46, 60, 73, 92f., 98f., 114, 119, 126, 128, 132, 136
Revolution 12, 17–20, 25, 50, 54, 66–70, 76, 80, 82, 84f.
Rüstung (vgl. auch: Abschreckung) 25, 55f., 81, 88f.
Schöpfung 9, 26, 43, 49, 51, 62, 85, 92–97, 99, 103–105, 108
Schuld 10, 99, 104, 119
Selbstverwirklichung 20, 33, 64, 74f., 94–98, 114–117, 120, 125, 127, 132f., 139f.
Situation 8, 10f., 26–28, 123, 141

Sozialethik siehe: Ethik
Strukturen (vgl.: Ordnungen) 11, 15, 17–19, 23–27, 30, 32, 53, 55f., 62, 67, 69, 74, 78, 80–82, 84–86
Sünde 29, 33, 43f., 51, 56, 62, 96, 125f.
Technik 10, 12f., 19, 21, 23, 46, 55–59, 66–72, 74–84, 86–95, 97, 99f., 102, 104–108, 117f., 122f.
Tod 20, 28–32, 95
Tradition 6–8, 10, 18, 44f., 51, 82, 85, 111, 121, 123f., 128, 132, 136, 141
Urteilsfindung 11, 17, 58, 87, 101, 103, 105–109, 140f.
Verantwortung 7, 10, 12, 19, 21, 40, 43f., 47f., 52, 55, 58–64, 66, 82–86, 91, 115, 118
Vernunft 26, 39f., 45, 55, 57, 59–61, 73, 84, 118
Wahrheit 32, 34, 38f., 52, 57, 64, 101
Werte 10, 38–41, 45, 74, 77, 93, 115, 122, 124, 128, 130, 132, 134, 136f., 140
Wirtschaft, Ökonomie 24f., 61, 68, 71, 77, 89, 97, 100, 102, 107f., 116f., 119, 122, 124, 127–129, 131, 134, 137, 139
Wissenschaft 9, 22–24, 30, 32, 35f., 38–40, 57–61, 64, 67–69, 75–77, 82–86, 90–95, 99, 102, 104
Zukunft 6, 8, 10f., 16, 19, 27, 31–34, 44, 48, 50, 52, 56, 59, 62–64, 68, 76–80, 82, 85f., 94, 96f., 100, 103, 108, 118, 134
Zweireichelehre 60f.
Zweites Vatikanisches Konzil 17, 53, 96

2. Bibelstellen

1 Mose 1,26–28 und 2,15 (Schöpfungsberichte) 26, 92, 104, 107
1 Mose 4 (Kain und Abel) 126
2 Mose 6,6–9 125
1. Könige 3 15
Psalm 22,2 29
Jesaja 43,24 125
Jeremia 22,13f. 125
Matthäus 4,1–11 63
Matthäus 5,9 24
Matthäus 7,12 84
Markus 8,35 98
Johannes 14,6 34
Johannes 16,28 34
Römerbrief 52
Rm 5,1 33
Rm 5,12–21 34
Rm 7,13–25 33
Rm 8,18ff. 23, 26, 105, 108, 125
Rm 12,2 61
Rm 12,9–13,10 28
Rm 13,7–10 84
1. Korintherbrief 12, 24–26 136
Galaterbrief 2,20 33
Jakobusbrief 2,14–22 84
1. Johannesbrief 4,20 119

3. Personen

Adorno, Th. W. 23, 70
Amery, C. 93f., 96f., 103, 123
Bacon, R. 94
Barth, K. 8
Bell, D. 73
Bonhoeffer, D. 10, 51, 62
Bultmann, R. 7, 42, 111
Conze, W. 127
Descartes, R. 22
Dulles, J. F. 17
Ebeling, G. 41f.
von Eitzen, P. 113
Ellul, J. 76–80
Erikson, E. H. 31
Freyer, H. 131
Fromm, E. 128

Fuchs, E. 41
Garaudy, R. 95
Gloege, G. 49, 51 f.
Hegel, G. W. F. 129f.
Heidland, W. 121
Heisenberg, W. 22 f., 75
Herder, J. G. 41
Herrmann, W. 41 f., 48, 123
Howe, G. 82, 84, 88
Ige, B. 25, 68
Jesus (Christus) 17, 26, 29–31, 33 f., 42, 47, 50–53, 62–64, 86, 98, 108, 123, 125
Johannes XXIII. 54
Kant, I. 85
Käsemann, E. 49
Kepler, J. 93
Klages, H. 74
Kohnstamm, M. 18 f.
Lenin, W. I. 82
Liedke, G. 104
Luther, M. 12, 43, 51 f., 60f., 112, 126–128
Marcuse, H. 23, 69 f., 74, 79 f.
Marx, K. 74, 95, 129 f.
Melanchthon, P. 43
Mesthene, E. 21–23, 71–76, 80
Moltmann, J. 96
Müller-Schwefe, H.-R. 86
Murray, G. 73
Oehlker, F. 25 f.
Paul VI. 17
Paulus 26–28, 33, 105, 108
Philip, A. 67–70, 82
Picht, G. 57, 84
Pius XII. 17
von Rad, G. 18
Rendtorff, T. 66
Ritschl, A. 41–43, 94
Salomo 15 f., 29
Schleiermacher, F. 41
Schweitzer, A. 97
Shaull, R. 19, 69 f., 79
Smith, A. 128
Teilhard de Chardin 96, 103
Troeltsch, E. 6, 11 f., 37–42, 44–48
Weber, M. 11, 37–40, 45, 127
von Weizsäcker, C. F. 82 f., 92, 105 f.